기획의 말

그리운 마음일 때 'I Miss You'라고 하는 것은 '내게서 당신이 빠져 있기(miss) 때문에 나는 충분한 존재가 될 수 없다'는 뜻이라는 게 소설가 쓰시마 유코의 아름다운 해석이다. 현재의 세계에는 틀림없이 결여가 있어서 우리는 언제나 무언가를 그리워한다. 한때 우리를 벅차게 했으나 이제는 읽을 수 없게 된 옛날의 시집을 되살리는 작업 또한 그 그리움의 일이다. 어떤 시집이 빠져 있는 한, 우리의 시는 충분해질 수 없다.

더 나아가 옛 시집을 복간하는 일은 한국 시문학사의 역동성이 드러나는 장을 여는 일이 될 수도 있다. 하나의 새로운 예술작품이 창조될 때 일어나는 일은 과거에 있었던 모든 예술작품에도 동시에 일어난다는 것이 시인 엘리엇의 오래된 말이다. 과거가 이룩해놓은 질서는 현재의 성취에 영향받아 다시 배치된다는 것이다. 우리는 현재의 빛에 의지해 어떤 과거를 선택할 것인가. 그렇게 시사(詩史)는 되돌아보며 전진한다.

이 일들을 문학동네는 이미 한 적이 있다. 1996년 11월 황동규, 마종기, 강은교의 청년기 시집들을 복간하며 '포에지 2000' 시리즈가 시작됐다. "생이 덧없고 힘겨울 때 이따금 가슴으로 암송했던 시들, 이미 절판되어 오래된 명성으로만 만날 수 있었던 시들, 동시대를 대표하는 시인들의 젊은 날의 아름다운 연가(戀歌)가 여기 되살아납니다." 당시로서는 드물고 귀했던 그 일을 우리는 이제 다시 시작해보려 한다.

기획의 말

그리운 마음일 때 'I Miss You'라고 하는 것은 '내게서 당신이 빠져 있기(miss) 때문에 나는 충분한 존재가 될 수 없다'는 뜻이라는 게 소설가 쓰시마 유코의 아름다운 해석이다. 현재의 세계에는 틀림없이 결여가 있어서 우리는 언제나 무언가를 그리워한다. 한때 우리를 벅차게 했으나 이제는 읽을 수 없게 된 옛날의 시집을 되살리는 작업 또한 그 그리움의 일이다. 어떤 시집이 빠져 있는 한, 우리의 시는 충분해질 수 없다.

더 나아가 옛 시집을 복간하는 일은 한국 시문학사의 역동성이 드러나는 장을 여는 일이 될 수도 있다. 하나의 새로운 예술작품이 창조될 때 일어나는 일은 과거에 있었던 모든 예술작품에도 동시에 일어난다는 것이 시인 엘리엇의 오래된 말이다. 과거가 이룩해놓은 질서는 현재의 성취에 영향받아 다시 배치된다는 것이다. 우리는 현재의 빛에 의지해 어떤 과거를 선택할 것인가. 그렇게 시사(詩史)는 뒤돌아보며 전진한다.

이 일들을 문학동네는 이미 한 적이 있다. 1996년 11월 황동규, 마종기, 강은교의 첫번째 시집들을 복간하며 '포에지 2000' 시리즈가 시작됐다. "생이 덧없고 힘겨울 때 이따금 가슴으로 암송했던 시를, 이미 절판되어 오래된 명성으로만 만날 수 있었던 시를, 동시대를 대표하는 시인들의 젊은 날의 아름다운 연가(戀歌)가 여기 되살아납니다." 당시로서는 드물고 귀했던 그 일을 우리는 이제 다시 시작해보려 한다.

초혼제

문학동네포에지 073

고정희 장시집

초혼제

시인의 말

시력 8년이라고는 하지만 내가 본격적으로 창작과 발표를 병행한 것은 1978년 이후이니 독자와 나의 진정한 만남은 불과 4, 5년을 밑돈다. 그동안의 창작 생활에서 나를 한시도 떠나본 적이 없는 것은 '극복'과 '비전'이라는 문제였다. 내용적으로 나는 어떠한 일이 있더라도 우리는 이 어두운 정황을 극복해야 된다고 믿는 한편 조직 사회 속에서의 인간성 회복의 문제가 크나큰 부담으로 따라다녔고, 형식적으로는 우리의 전통적 가락을 여하이 오늘에 새롭게 접목시키느냐가 최대의 관심사였다. 나는 우리 가락의 우수성을 한 유산으로 활용하고 싶었다.

그러한 고민의 결과로 생겨난 것이 「사람 돌아오는 난장판」 「환인제」 같은 마당굿 시이고 「우리들의 순장」은 1979년에 발간된 첫 시집에서 「짜라투스트라」라는 서구적 제목으로 씌어졌던 시대 인식을 다시 한국적인 언어와 풍습 속에 재조명해봤다. 그리고 「화육제별사」는 대학 4년 동안 고난 주간과 축제 기간만 돌아오면 홍역처럼 우리를 따라다녔던 젊은 날의 고민과 갈등과 신념을 그리려 했다. 그렇게 해서라도 나는 그 시절에서 해방되고 싶었는지도 모른다.

그러나 나는 이번 시집의 원고를 마무리하고서 내심 크게 놀란 것 한 가지가 있었다. 그것은 내 내면이 무의식이든 의식이든 '희망'과 '죽음 인식'이라는 대립관계 속에 깊이 침잠해 있다는 것이었다. 결국 나는 '죽어 있는 삶'과 '살아 있는 죽음'에 대해 많은 콤플렉스를 숨기고 있었는지도 모른다.

그럼에도 불구하고 나는 내가 너에게 죽음을 선언하고 저주를 선언하는 때에조차도 그 속에서 무럭무럭 솟아나는 신념과 기대를 저버리지 못한다. 그리하여 앞으로도 나는 더욱더 전폭적으로 인간을 신뢰하고 인간을 사랑하고 인간을 갈망하기를 꿈꾸며 또한 울울창창 우거진 내 나라의 산천과 백두산부터 한라산까지 안익태의 애국가가 울려퍼지는 그날을 기원하는 자세로 오늘을 걸어가고 싶다. 그럴 수만 있다면 촌티를 벗어던진 깊이 있는 정신과 더불어 오늘 여기에만 머물지 않는 광활한 광맥에 이르고 싶다.

한편 시집을 묶을 때마다 느끼는 곤혹감이지만 독자들에게 이쁘고 편한 시, 싱싱하고 아름다운 시를 선물하지 못해서 몇 번이고 가슴이 아프다. 서로 편하고 유쾌하게 악수하지 못하면서도 시간이 다할 때까지 함께 어울려야 하는 합석 속의 껄끄러움 같은 것이라고나 할까, 내 독자에게 그런 인내를 강요하는 『초혼제』가 아닌지 두렵다.

1983년 5월

고정희

차례

3부 그 가을 추도회

4부 환인제(還人祭)

5부 사람 돌아오는 난장판

1부 우리들의 순장(旬葬)

우리들의 순장

1. 부음이 오다

"거 뉘 안 계시오?
부고 왔습니다, 부고 왔어요."

새마을 동민들이 사는 마을에
어느 날 문패마다 부고가 배달되었습니다
물론 폐하도 아시겠지만
이 시대의 마지막 선비가 죽었다니,
무등산 첩첩이 남은 한(恨) 걸어두고
월야심산 은거하던 선비가 죽었다니,
유림의 후손들은 물론이고
마을의 너나없이 문상하기로 했습니다

부고의 내용 또한 유별했습니다
육친의 3일장도 비경제적이라서
이틀장이 어떨까 숙고중인 이 판국에,
해방 후 처음으로 옛 선비 도(道)를 따라
그의 장례만은 유월장으로 치른다는 것입니다
주자가례의 법에 따른다면야
필부(匹夫)는 죽어 3일장이 제격이요
대부(大夫)는 죽어 2월장이며
제후는 죽어 5월장이고
천자(天子)는 죽어 7월장이라니
소문대로 그가 이 시대의 마지막 선비임에 틀림없다면

야 유월장쯤
가히 짐작이 가는 것이올시다만
그러나 눈감으면 코 베가는 금세기의 인심으로는
워낙 유별스런 영결이 아닐 수 없었습니다

유독 고개를 끄덕이며 신바람에 들뜬 건
죽을 날이 머지않은 유림원들이고
갓 젊은 청년이나 예수교도들은
문상보다 구경에 군침을 삼켰습니다
촌스러운 화법으로
프랑스의 라 로시푸코는
장례식의 웅장함은
살아 있음의 허영 때문이지
죽은 사람의 영예 때문은 아니라고 주장했고
우리나라 시인 박인환은
우리를 괴롭히는 것은 주검이 아니라
장례식이라고 말했습니다만
그러나 소생에게는 달랐습니다
이 시대의 마지막 선비장이라니
거기에는 필시 영예만도 허영만도 아닌
또한 괴로움일 수만은 아닌
그 무슨 꿍꿍이가 기다리고 있는 듯했습니다
그리하여 소생에게는
무등산 중봉 허리에 펼쳐질 그의 유월장이

기묘한 은유의 첨단으로 생각되어서
발인날을 기다리는 게 사실
오금이 저릴 정도였습니다
저는 그 지루한 24일 동안
장례식의 문헌들을 이것저것 뒤지며
호상 · 축 · 사명장 · 제주 · 봉주 · 수만 · 사서 · 사화 · 동역 · 작일 따위의 장례 순서를
소생 나름대로 떠올려봤습니다
그러다가
드디어 발인날이 다가왔습니다
기다리고 기다리던 발인날 아침
남녀노소 할 것 없는 문상객들은
그의 빈소가 안치된
무등산 중봉으로 향했습니다

2. 발인제가 시작되다
1982년 1월 7일 아침이었습니다
무등산 중봉 허리께에 뻔친 그의 장례 행렬은
거의 거의 초유의 장관이었습니다
5리 남짓 만장이 깔리고
10리 밖까지 조객이 들끓었습니다
누군가의 귓속말처럼
3천 명은 됨직한 문상객이었습니다
어디 그뿐입니까

멀리서도 잘 보이는 대형 꽃상여가
빨·주·노·초 만장을 굽어보면서
서방정토 마차처럼 서 있으니
이승의 어느 축제에 비길 바 아니었습니다
과연 그의 발인제 또한 유별했습니다
처음엔 유림단의 '견전'이라는 제사가 드려지고
(어디서 많이 보던 대로)
20세기 국제식으로
불교계 승려가 염불을 독송한 뒤
기독교계 영결례가 뒤따라왔습니다
웬일인지는 모르지만
이 영결례가 시작되면서
장내는 찬물을 끼얹은 듯이 엄숙했습니다
이름을 알 만한 노(老)사제가
검은 관 앞으로 등단하였습니다
안개 자욱한 그의 손끝에서 두어 번
사탄을 쫓는 요령 소리가 울렸습니다
그리고 두 명의 복사가 걸어나와
관 위에 덮인 비밀의 보자기를 걷어낸 뒤
관뚜껑을 조심히 열었습니다
사제는 조용히 관중을 제압했습니다

3. 영결사
슬픔에 찬 시민들이여

정의롭고 인자한 시민들이여
이 시대의 마지막 임은 갔습니다
그가 번민하며 근심에 씨름하던 오솔길에는
이제 아스팔트 도로가 닦이고
그가 은거하던 무등산 유곡에
여한 깊은 만장이 펄럭입니다
임은 우리에게 말했습니다
석 자 네 치나 된 그의 흰 수염이 깎이는 날
태평성대 온 줄 알아라 이르셨지요
아 어인 일인가요
그의 수염은 깎여보지 못한 채
여기 고요히 입관하였습니다
이것이 우리의 슬픔이며
그의 여한 또한 우리 아픔입니다
그러나 선량한 형제자매여
오늘은 그의 죽음을 보내지만
내일은 우리의 주검을 보내야 하리니
이제 줄 서서 차례로 나아와
고인과 입맞출 시간입니다
고인과 작별할 시간입니다
생사 유무가 주님의 뜻이니
천주님의 뜻에 따라
죽은 자를 보내는 건
산 자의 일,

시민들이여
이제 마지막 그대들의 슬픔을 읍소하고
애통해하는 그대들의 가슴에
영면의 비밀을 받아들이소서(아멘)

4. 천고 지붕 당했으니 하사 말씀 가이없네

그리하여 폐하,
시민들은 줄 서서 관 앞으로 나갔습니다
고인과의 인사에도 차례가 있는 법이라서
모모 고관 무슨 장관 무슨무슨 유명 인사들이
영결례의 앞줄을 차지하고
이름 석 자뿐인 수백 겹의 '사람'들이
고인을 향하여 기립하였습니다
아주 멀리 뒷줄에서도
그 무슨 장관이 고인과 절하는 것이 보였습니다
그때 까마귀 한 마리 까욱 하고 날았습니다
그 무슨 외무대신이 고인과 절하는 것이 보였습니다
그때 까마귀 두 마리 까욱까욱 하고 날았습니다
그 무슨 법학자가 고인과 절하는 것이 보였습니다
그때 까마귀 세 마리 까욱까욱까욱 하고 날았습니다
그 무슨 대학 총장이 고인과 절하는 것이 보였습니다
까마귀 네 마리 까욱까욱까욱까욱 하고 날았습니다
(아직 시민들의 차례는 요원하였습니다)

그러나 이 어찌된 영문입니까? 이 무슨 해괴망측한 일입니까?
관 위에 읍소하던 거물급 명사들은
고인과 절하던 순서대로 빈소를 물러나와
입을 '헤—' 벌리거나 두 눈 말짱히 뜨고
피아니시모로 뻗어버렸습니다
혹은 '아—' 하거나 '우—욱' 하는 야트막한 비명을 지르며
새우등처럼 꼬꾸라졌습니다
자기 차례를 기다리는 시민들은
실로 오금이 저리는 광경이었습니다

드디어 시민들의 차례가 왔습니다
은퇴 국악인이 고인과 절하였습니다
은퇴 출판인이 고인과 절하였습니다
은퇴 교육자가 고인과 절하였습니다
은퇴 체육인이 고인과 절하였습니다
은퇴 법조인이 고인과 절하였습니다
까마귀 수백 마리 까욱까욱 하고 날았습니다

전 교수단이 고인과 절하였습니다
전 독립운동가가 고인과 절하였습니다
전 교민회 회장이 고인과 절하였습니다
전 무역협회 회장이 고인과 절하였습니다

전 ××투위 위원장이 고인과 절하였습니다
전 ××당 총재가 고인과 절하였습니다
전 ××단체 회장이 고인과 절하였습니다
전 ××연구소 소장이 고인과 절하였습니다
까마귀 수천 마리 까욱까욱까욱 날았습니다

내로라하는 토지업자가 고인과 절하였습니다
내로라하는 건축업자가 고인과 절하였습니다
내로라하는 수출업자가 고인과 절하였습니다
내로라하는 물장수가 고인과 절하였습니다
내로라하는 숯장수가 고인과 절하였습니다
내로라하는 의료인이 고인과 절하였습니다
내로라하는 엔지니어 내로라하는 브레인
내로라하는 글쟁이 내로라하는 환쟁이
내로라하는 코미디언 내로라하는 엘리트
내로라 내로라 내로라하는
소리꾼과 몰이꾼과 뚜쟁이와 브로커 등
모두 모두 고인과 절하였습니다
까마귀 수만 마리 까욱까욱까욱 날았습니다
오오 수백 구 수천 구의 송장 위로
수천 마리 수억 마리 까마귀떼가
칠흑의 강물처럼 용트림하고 있었습니다

이제 소생의 차례가 왔습니다

소생 역시 늠름하게 시체를 넘고 넘어
고인이 누워 있는 영전으로 나아갔습니다
그리고 다소곳이 관 위에
허리를 굽혔습니다
오오 그런데 폐하, 존경하올 폐하
소생도 한일자로 뻗고 말았습니다
제가 고인과 인사를 하자마자 아주 자연스럽게
처음엔 모가지가 뻣뻣해오더니
다음엔 턱이 빳빳해오더니
다음엔 귀가 멍멍해오더니
그다음엔 머리가 그다음엔 가슴이
그리고 전신으로 마비의 강물이 스며들었습니다
저도 '아—' 하고 뻗어버렸습니다
왜인지 아십니까?
그 내역은 이러합니다

5. 칠성판의 고인은 바로 소생이로소이다

어느 때보다 제 눈빛은 맑았다고 생각됩니다
저는 천천히 관 속을 응시했습니다
"천고 지붕 당했으니
하사 말씀 가이없나이다"
바로 그때였습니다
직사각의 칠성판에 누워 있는 건
고인의 시체가 아니라

은빛으로 번쩍이는 '거울'이었습니다
그 거울 속에 누워 있는 건
다름아닌 소생의 상반신이었던 것입니다
그때 소생은 죽었습니다
대한민국 주민등록증을 가졌고
생존 시인에게 주는 회원증을 가졌고
두 장의 의료보험 카드와
출판사 재직증명서를 가진 소인이
그 어마어마한 장례식의 빈소에
팔자 좋게 안치되어 있었습니다
아무도 주검을 되돌릴 순 없었습니다
우리가 서둘렀고
우리가 마련했고
우리가 하관한 그 무덤 속에
우리가 묻힐 줄은 아무도 몰랐습니다

거울 한 장의 형이상학 속에서
A가 까마귀밥이 되고
B가 까마귀밥이 되고
C가 까마귀밥이 되듯
박씨가 저승 귀신이 되고
김씨가 저승 귀신이 되고
고씨가 저승 귀신이 되듯
거울 한 장의 형이상학 속에서

한 시대의 청년이 죽었습니다
한 시대의 사람이 죽었습니다
한 시대의 과거가 죽었습니다
한 시대의 미래가 죽었습니다
한 시대의 관계가 죽었습니다
그리하여 우리가 속해 있던
믿음과 평화와 자유의 싸움터,
마을과 집단과 이 세계 내의
갈등이 허용된 개개인도 죽었습니다
'흑'과 '백'의 깃발만이
두 줄기 길을 가리키는
무등산 중봉 허리에서 우리는
너나없이 칠성판에 누워버렸습니다
오오 그것은 우리들의 장례
우리들의 거울장이었습니다

슬픔이거나 이별이거나 한(恨)이거나
비분강개 명분 따윈 참으로 사소한 것에 지나지 않는
이 미증유의 송장 사태를 아십니까?
그 소문 들어보셨습니까?

6. 죽음의 집에서
그러므로 폐하,
그 이후 이 글을 올리는 소생이란

눈만 뜬 송장이올시다
요샛말로 '눈감은 산송장'이올시다

하오나 우리가 아무리
산송장일망정
여직 이승 노자 두둑하오니
하관례는 치렀을망정 (아싸리)
죽은 송장과는 또 다르지 않습니까?
안 그렇습니까?

2부 화육제별사(化肉祭別詞)

화육제별사

1. 성금요일 오후

친구여 언제나 그랬지
4월, 고난 주간 성금요일 오후에
수유리의 신학대학 캠퍼스는
가장 부끄러운 이 땅의 구호와 맞서 있었지
이날의 성전(聖戰)을 위하여
수유리의 하늘 아래선
마태수난곡 혹은 가브리엘 포레의 레퀴엠이
성난 우리의 맥(脈)을 가만가만 짚어내리고
수유리에 잠든 혼령들 하나하나 일으켜 세우면
어디선가 순례자의 봇물 같은 슬픔이 밀려와
4월의 잔디 위에 바람으로 누웠지
그때 우리는 검은 제의(祭衣)로 몸을 감싸고
'주의 기도문' 마지막을 암송하였어
　　　……나라와 권세와 영광이
　　　아버지께 영원히 있사옵나이다
갑자기 수유리의 바람은 사나워져서
등나무 줄기를 사정없이 난타질하고
아아 복사꽃 흔들리는 4월
그리도 명징한 느릅나무 가지 사이로
불안한 우리들 내부를 가로지른 솔개 한 마리
휙, 날갯죽지를 꺾고 떨어져내렸다
"풀어주소서 나 두려움에 떨도다"
"리베라메 도미네"

"리—베라메 도—미네"
묵시의 하늘 아래
중세의 어둠은 내려와 길게 드러누웠지
오후 세시를 향한 골짜기에서
단식보다 완강한 침묵에 인도되어
우리는 몇 번이고 기도문을 암송했어

2. 우리를 고독한 자이게 하소서
키리에, 키리에, 키리에
이 땅에 당신의 자비가 임하옵시며
이 땅에 당신의 자유가 임하옵시며
이 땅에 당신의 해방이 임하옵시며
이 땅에 당신의 용서가 임하옵시며
(오, 주님 아니올시다)
이 땅에 당신의 징벌이 임하옵시며
이 땅에 당신의 심판이 임하옵시며
이 땅에 당신의 분노가 임하옵시며
이 땅에 당신의 저주가 임하옵시며
(오, 그러나 주님 어찌하리까)
이 땅에 당신의 화해를 내려주시고
이 땅에 당신의 긍휼을 내려주시고
이 땅에 당신의 선포를 내리소서
(오, 그러나 주님 뜻대로 하옵소서.
그리고)

우리가 뭔가를 할 수 있는 자들이라면
우리가 뭔가를 줄 수 있는 자들이라면
먼저 우리를 고독한 자이게 하소서
우리가 참으로 진리를 따르고
우리가 참으로 사랑할 수 있는 자들이라면
주여, 우리를 고독한 자이게 하소서
우리가 참으로 고독한 길에 맞서서
고독을 끌어안고 번뇌하게 하소서
(오 고난의 주님)
진리의 길은 고독한 길이기 때문입니다
사랑의 길은 고독한 길이기 때문입니다
자기를 던짐의 길은 고독한 길이기 때문입니다
자기를 내어줌의 길은 고독한 길이기 때문입니다
자유를 따름의 길은 더욱더 고독한 길이기 때문입니다
우리가 참으로 고독해보지 않고는
진정한 슬픔에 이르지 못하고
우리가 참으로 고독해보지 않고는
진정한 만남에 이르지 못합니다
우리가 참으로 고독해보지 않고는
진정한 위로 진정한 사랑을
내어줄 수 없습니다
우리가 참으로 버림당해보지 않고는
진정한 싸움에 이르지 못합니다

(오 긍휼하신 야훼님)
우리의 용렬한 구호주의를 어루만지소서
우리의 찰나적 도덕주의를 무너뜨리소서
우리의 음흉한 영웅주의
우리의 비겁한 합리주의를 진맥하소서
찢어지게 가난한 우리 정신의 모래무지
여기 받쳐들었사오니
옹기를 빚으시든
청자를 빚으시든
(주여 우리는 이제 속수무책이나이다)

3. 우리의 믿음 치솟아 독수리 날듯이
친구여 야훼는 언제나 침묵하셨지
언제까지나 기다림이신 야훼
언제까지나 언제까지나 장벽이신 야훼
언제까지나 언제까지나 언제까지나
열등한 우리의 신념이신 야훼
우리의 위선의 동기가 되신 야훼
비천한 분노에 심장을 맡기는 우리의
대리석 기둥이신 야훼
금 술동이의 술잔을 허락하신 야훼
야훼는 그렇게 오해를 허락하셨지
야훼는 그렇게 의혹도 허락하셨지
피 흘림도 난도질도 도피도 허용하셨지

우리는 다시 사도신경을 외우며
삼삼오오 어깨 둥지를 틀고
오후 세시의 수유리 골짜기를 오르고 있었어
삼각산 숲정이의 모든 밑동아리에서
나지막한 오열이 부풀고 있었어
캠퍼스의 정수리에
높다랗게 조기(弔旗)가 게양되고
검은 하늘에 몇 줄기 획획
마른번개가 꽂히고 있었지
우리는 오후 세시의 문으로 들어가고 있었어
어깨 둥지의 시작과 끝에서
개편 찬송가 368장이 들려왔어
　뜻 없이 무릎 꿇는 그 복종 아니오
　운명에 맡겨 사는 그 생활 아니라
　우리의 믿음 치솟아 독수리 날듯이
　주 뜻이 이뤄지이다 외치며 사나니.

　약한 자 힘 주시고 강한 자 바르게
　추한 자 정케함이 주님의 뜻이라
　해 아래 압박 있는 곳 주 거기 계셔서
　그 팔로 막아주시어 정의가 사나니.

길게 늘어뜨린 제의 자락에

죄짐 같은 슬픔이 흔들리고 있었지
고향땅의 부모님이 가물거렸어
건초 덤불처럼 가죽만 남으신 채
논두렁에 엎드리신 칠순의 아버지,
한 장의 전보에도 새하얗게 질리시는
육순의 어머니가 걸어오고 계셨어
애닯게 애닯게 손을 젓고 계셨어
그것은 오후 세시였어
고난 주간 수유리의 오후 세시,
우리는 제단 앞에 무릎 꿇었지
사납게 포효하는 수유리의 바람도
우리의 실성한 젊음도
한 트럭분의 안개를 마신 뒤
빈 깡통으로 고요하였지
몇 마리의 공룡이
유리창 밖에서 게임을 신청하자, 히야
독수리 날듯한 합창이 시작되고 말았어

4. 숨을 거두다
어둠 속에서
일곱 개의 성촉이 점화되고 있었다
바로 그때였어
예배실 한구석에
낯익은 사내가 쓰러져 있었어

피투성이가 된 사내의 알몸엔
군데군데 공룡의 이빨 자국이
화인(火印)처럼 웃고 있었지
뭣인가 썰물 같은 아련한 목소리로
사내는 몇 음절의 유언을 발음하고
이내 숨을 거두었다 그리스도가
"다 이루었다" 발음하신 것처럼
확 피 냄새가 풍겨왔다
독수리 날듯한 우리의 믿음 위로
새로운 불안과 새로운 공포가
미증유의 굉음으로 덮쳐내렸지
복사꽃 지는 그 4월에
진달래꽃보다 더 강렬한 죽음의 징후가
우리의 해안에 정박하고 있었지

우리는 끝까지 침착하였어
사내의 시신 위에 성수를 끼얹고
하얀 마침표를 덮어씌운 다음
성금요일의 장례식은 시작되었지
찬송은 다시 한번 하늘에 닿았어

나 예수 위해 싸우는 십자가 용사라
주 이름 증거하기를 나 어찌 꺼리랴
내 전우들이 피 흘려 나가서 싸울 때

내 어찌 편히 앉아서 바라만 보리요
…………
십자가 용사 된 내게
주의 일 맡기소서

이제 우리에게 출구는 없었다
노스승이 제단 위로 걸어가셨지

5. 잔을 비우고

도수 높은 안경알 속에서
스승의 눈은 무겁게 타고 있었어
그는 그가 마실 잔을 높이 치켜들었고
우리가 마셔야 할 성만찬의 술잔이
천천히 천천히 다가오고 있었다

아아 친구여 언제나 그랬지
성만찬의 술과 빵을 씹으며
우리가 무섭게 전율하는 이유는
예수의 화육이거나 영생 때문이 아니라
잡초보다 무성한 '안락'에 대한 갈망
'행복'을 그리는 습관 때문이었지
무사함에 대한 그리움 때문이었지

그리고 우리는 숨죽여 울었다

그럴 수만 있다면 자유롭고 싶었다
우리를 길들이는 고통에 대하여
속수무책인 싸움에 대하여
그리고 '사회정의'라는 닳아빠진 구호에 대해서도
그렇다고 맹목적인 해결주의, 또는
늙어빠진 보수주의에 대해서도
우리는 참으로 자유롭고 싶었지
오 우리는 자유하고 싶었지

그러나 우리에게 출구는 없었다
우리 자신만이 곧 출구임을 알았을 때
우리는 이제 길이 되기로 했다
그것은 수유리의 운명이었다
수유리는 이제 수유리가 아니었다
그것은 길이고 수난이었다 아니
그것은 꿈이고 순결이었다

그런데 친구여
우리가 길이 되기로 작정한 그날
교수들이 우리 손 꼭 쥐어주던 그날
스승과 제자의 일체감 속에서도
나는 들을 수 있었다
나와 육친들
나와 친구들

나와 노년의 부모님을 갈라 세우는
무서운 붕괴의 소리를 들었지
무섭고 음습하고 아득한 비명을 들었지
(오 야훼님, 꼭 이 잔을 마셔야 하나요?)

6. 기(旗)를 찢으시다

제단 위에 선 스승의 오른손에는
시퍼런 면도칼이 번쩍이고 있었지
그는 준엄하게 입을 열었다

사랑하는 임마누엘 형제들이여
이제 우리는 우리들 자신에게
냉정한 질문을 던져야 합니다
이쪽을 보십시오
학문의 자유와 양심을 상징하는
여러분의 교기(校旗)가 여기 서 있습니다
36년 전에 세워진 이 깃발,
평화스러운 듯 서 있는 이 깃발,
이것은 현상에 불과합니다
우리의 지성은 변질되고 말았습니다
우리 자신에게 질문해보십시오
우리가 과연 진리의 사도입니까?
우리가 과연 양심의 증인입니까?
우리가 과연 평화의 다리일 수 있습니까?

우리는 '예'와 '아니오'를 잃어버렸습니다
우리는 '공의'의 확신을 잃어버렸고
'옳음'의 투쟁을 잃어버렸습니다
우리의 심장은 벌레의 집이 되었고
우리의 몸은 사탄의 자궁이 되었으며
우리의 지붕은 악마의 성(城)이 되었습니다
우리는 모두 모두 비겁해졌습니다
그 상징으로 우리 기를 찢겠습니다
우리의 양심이 회복되는 날
우리의 학문이 제 몫을 하는 날
우리의 깃발도 아물게 될 것입니다
그때까지 각자의 거울로 삼으십시오

스승의 오른손이 번쩍 들렸다
그는 교기를 깊숙이 찢었지
아아 36년 동안 온전했던 깃발,
'임마누엘'('하나님이 나와 함께하시다'의 뜻)이라 쓰인 히브리 글자가
삼팔선처럼 분절되었다

더이상의 아무 말도 필요 없던 그날
병적인 후련함만이 우리를 제압하던 그날
창밖은 찬란한 봄별이 내리고
상수리나무와 사이프러스가

언뜻언뜻 흔들려 울던 그날
우리는 함께 일어나 서로를 부축하며
찢어진 깃발과 사내를 묻으러
성금요일 오후의 산으로 향했지
베르디가 낮게 낮게 진혼곡을 풀었지

아뉴스 데이
이제 가라
가거든 오지 마라
인 파라디즘

7. 연좌기도회
그 이후 나는 저물고 있었다
'행복'을 탐낸다는 것이
죄악처럼 두려운 5월
자학으로 흥분된 우리는
바람이 누그러진 5월의 황혼 속에서
'금관의 예수'를 합창하거나
본회퍼의 죽음을 묵상하다가
이내 따뜻한 기숙사로 돌아와
애꿎은 시트를 수없이 찢었다
(진리 · 자유 · 정의 · 평화)
시트는 우리들의 화선지였다
더이상 기다릴 수 없는 친구들은

고통의 제왕이 되어
교문 밖으로 사라져갔고
남아 있는 우리는 길들인 두뇌로
40일 동안의 연좌기도회를 열었다
그 40일 동안 날마다 게시판엔 남은 자의
이름이 게시되었지

*5월 16일 오후 기도 순서
6시 1학년 김태영
8시 2학년 김진자
10시 3학년 강맑실
12시 4학년 고정희

자정이면 나도 기도실로 들어갔다
바람에 유리창이 덜컹이고 있었지
허허 웃는 촛불에 말을 사른 뒤
빛이 절망임을 깨달은 우리는
그윽이 흐느끼는 촛불 앞에서
그의 누추한 환영을 보았다
사막의 고독 한복판 속으로
유유히 걸어가는 파라오의 등덜미,
그는 내 소리를 듣지 못했다
나는 단식으로 대결하였다
그의 본질에 인도되고 싶었지

그러나 왜 그랬을까
일주일간의 단식을 끝낸 아침
공복으로 바라보는 수유리의 부신 햇빛이나
학장 공관 유리벽 속에서 타오르는
그 무시무시한 태양 앞에서도
현상과 인식은 화해하지 못했다
꿈의 절벽은 극복되지 못했다
나는 보았고 알았고 깨달았지만
결코 내 길과 결혼하지 못했다
나는 결혼하지 않았으므로
'불임'의 고독을 상흔처럼 지녀야 했다

8. 수유리의 바람

그러나 친구여
내가 수유리를 떠나려 했을 때
수유리의 바람이 슬몃 물었다
"내가 누구라고 생각하느냐?
그냥 숲정이나 떠도는 공기?
너는 원귀들의 춤을 아느냐?
무덤이면 다 무덤이라 생각하느냐?
네 정신의 무덤은 어디?"
그래— 그래—그래—
그 이후 나는 만나게 되었다
수유리의 바람은 그들의 기침 소리

수유리의 바람은 그들의 인기척
수유리의 바람은 그들의 절규
수유리의 바람은 그들의 함성
그렇다 친구여
수유리의 바람은 우리들의 순라군
수유리의 바람은 우리들의 물음표
수유리의 바람은 우리들의 신경통
수유리의 바람은 우리들의 관절염
수유리의 바람은 우리들의 절망가
아니면 그것은 한반도의 한숨 소리이거나
아니면 그것은 원귀들의 춤이거나
아니면 그것은 삼각산의 가래 끓는 소리이거니,
아니면 그것은 죽창 깎는 소리이거니,
수유리의 바람 소리 듣는 사람들아
누구도 더이상의 숙면을 보류한 채
석탄불 옆에서 예레미야서를
읽어야 하리

9. 다시 수유리에서
살아남는다는 것은
보다 단순해지는 것이라고 너는 말했다
그러나 친구여
우리가 수유리를 떠나오고
누추한 출판사 혹은

잡지사 기자로 전전하는 동안
다치지 않으려고 몸을 사리고
외롭지 않으려고 패를 짜는 동안
달콤한 숙면에 길들고 있을 때
녹슨 우리의 망치를 들어
뒷등을 탕 치는 손은 누구?

결국 그랬지, 친구여
나는 수유리로 다시 돌아와
무교회주의자가 되고
수유리에 떠도는 칼바람 소리와 만나
칼바람과 살기로 약속하였다
오 수유리에
유엔 평화 깃발을 꽂기로 했다
우렁우렁 사랑가 풀어내기로 했다
그렇게 해서라도
저 징그러운 바람 소리 잠재우기로 했다

3부 그 가을 추도회

그 가을 추도회

내가 불을 붙이지 않거나
그대가 불을 붙이지 않거나
우리가 불을 붙이지 않는다면
이 어둠을 어떻게 밝힐 수 있는가?
—나짐 히크메트(Nazim Hikmet)

제1장 향촉례

1. 구멍 뚫린 가슴을 위하여

먼길에서 오시는 여러분
허전한 여러분의 가슴을 위하여
검은 리본이 준비되어 있습니다
허파에 구멍이 뚫리신 분들이나
애간장 다 녹아 가슴 구멍 펑, 뚫리신 분들은
이 리본 한 장으로 응급 처리하십시오
오늘은 바람이 너무 거세므로, 제발
허파의 구멍은 막아둬야 합니다

(추도객들 모두 가슴에 검은 리본을 착용. 침통하나마 힘 있는 목소리로)

공사다망하심에도 불구하시고
만장하신 우리 믿음의 동지 여러분
또한 저와 피를 나눈 형제자매 여러분

그리고 저 멀리 미국과 일본 필리핀과 멕시코
브라질과 동남아 근동에서
장도에 오르신 교포 여러분
저희 어머님의 추도회에 이토록 많이 왕림해주셔서
감개무량한 마음 금할 길 없습니다
많은 준비를 하지 못하였으나 그럼
지금으로부터 여러분이 그토록 아껴주셨고
저희 가족이 이토록 애타게 못 잊어하는
고민해(高民海) 여사 10주기 추도회를
시작하겠습니다 돌이켜보면
그녀를 여읜 지 어언 10년,
크고 작은 그리움을 조용히 눌러두고
먼저 상주 향촉례가 있겠습니다
(상주 빈소 앞으로 나와 촛불을 켜고
향을 사른 뒤
재배를 올린 다음
세 번 곡하고 나와 읊는 말)

2. 불 꺼진 창을 위하여
지하 명부전 어머님께 아뢰나이다
이승 하직하신 지 10여 성상 지나니
남겨주신 산판은 벌거숭이로 뻗었고
물려주신 곡간은 거덜이 났습니다
해 지고 달 지니 밤은 깊었고

굳게 닫힌 사립문에 바람 차갑나이다
문전옥답 석삼년 잠들고도,
병치레 난치레 흉년치레 싸움치레
순탄할 날 없사오나
오늘 우리 자손들 오손도손 모여
과오 많은 지난날 살짜기 덮어두고
향기로운 촛불 앞에 정한수 올리오니
속속들이 흠향하시고
석삼년 불 꺼진 창
앞앞이 밝아오소서
(합창—앞앞이 밝아오소서)

다음은 호상으로부터
고인의 약전이
낭독되겠습니다
파란만장했던 한 여인의 삶을 통해서
오늘 여기 모이신 여러분의 삶이
한 울타리 한줄기로 어우러지소서

제2장 글로 쓴 약전

1. 외로운 탄생

여사의 약전은 이러합니다
그는 지금으로부터 38년 전
해방둥이로 탄생하셨습니다
불행하게도 그의 유년은
순탄하지 못했습니다
그는 태어난 지 꼭 25일 만에
이 땅의 수많은 전쟁고아들처럼
양친과 사별하고 말았습니다 당시
세계 제2차대전은 끝났고 36년 동안
이 적막강산을 통닭처럼 뜯어먹던
왜놈들은 무릎을 꿇었는데,
1945년 9월 9일
조선총독부 아베 노부유키는
중앙청 앞에서 항복 문서에 조인하였는데,
여사의 양친은 세상을 떠났던 것입니다
어버이 잃은 목숨 갈 곳 어딘가요
그는 고아원에 들어갔습니다
양키가 경영하는 고아원,
파파 아치볼드 브이 아놀드가 주는
우유와 초콜릿과 간스메를 따먹으며
눈 깜짝할 사이에
서양 나이로 세 살이 되었습니다
그는 곧잘 양키를 향하여

"I love you"라고 재롱을 떨었습니다
그러나 고아원 밖의 아이들은 날마다
양키 고아원의 골목에 모여
이렇게 큰 소리로 노래했습니다
"믿지 마라 미국
속지 마라 소련
잊지 마라 일본
주지 마라 중공"

그러던 어느 날이었습니다
미군정 뒤뜰에서 놀던 그에게
백발의 노인이 찾아왔습니다 그의
연고자 이승만 할아버지였습니다
"얘야 묻지 말고 집으로 가자.
천신만고 끝에 널 찾았나니"
파파 아치볼드 브이 아놀드를 향하여
빠이빠이라고 손 흔들며 그는
저항 없이 경무대 궁전으로
돌아왔습니다
그러나 세 살배기 그에게는
경무대 궁전과 고아원이 구별이 안 갔습니다
서양 여자 마리아가 유모라는 것과
양어머니 이름이 프란체스카라는 것 외에는
아무것도 달라진 게 없었습니다

아니 아니 한 가지 달라진 게 있다면
그것은 '그립다'는 말이었습니다
함께 먹고 자던 어린 친구들
배불리 먹고 싶어 맹물만 들이켜던
고아원 친구들이 그리웠습니다
그렇게 첫봄이 다가왔습니다

2. 목련꽃 그늘 아래서

경무대의 첫봄은 적적했습니다
삼일운동 독립 만세 붉게 핀 뜨락에는
왼종일 미국산 앵무새 지저귀고
포근한 미풍이 슬몃 담을 넘어와
바깥구경 가자스라 속삭였습니다
대문 밖에 느네 친구들 와 있다
대문 밖에 어여쁜 새들이 와 있다
대문 밖에 이쁜 꽃 빨주노초 피었다
대문 밖에 느네 신랑 각시 와 있다
그는 느닷없이 안달이 났습니다
참으로 바깥이 그리웠습니다
그는 할아버지 목을 끌어안고
나가 놀게 해달라고 졸랐습니다
그러면 이승만은
이제 세 살배기인 그를 뒤뜰에 앉혀놓고
이런 동화를 시작했습니다

“슬프다 나라이 업스면 집이 어ᄃᆡ 잇스며
집이 업스면 나의 일신과 부모쳐자와 형뎨자매며
일후 자손이 다 어ᄃᆡ셔 살며 어디로 가리오.
그러므로 나라에 인민된 쟈는 샹하귀쳔을 물론ᄒᆞ고
화복안위가 다 일톄로 그 나라에 달녓ᄂᆞ니
비컨ᄃᆡ 만경창파에 배 탄 것 갓ᄒᆞ여
바람이 순ᄒᆞ고 물결이 고요ᄒᆞᆯ ᄯᅢ는
돗 달고 노질ᄒᆞ기를 전혀 사공들에게 맛겨두고
모든 선객들은 각각 졔 ᄯᅳᆺ디로 물너가
잠도 자며 한가히 구경도 ᄒᆞ야
직분 외의 일을 간셥ᄒᆞᆯ 바 업스되
만일 풍랑이 도도ᄒᆞ며 풍우가 대쟉ᄒᆞ야
돗ᄃᆡ가 부러지고 닷줄이 ᄭᅳᆫ어져서
허다ᄒᆞᆫ 생명의 사생존망이 시각에 달닐진ᄃᆡ
그 안에 안즌 쟈—뉘 아니 정신찰여
일심으로 일허나셔 돕기를 힘쓰지 안으리오. (……)
이는 그 배가 ᄭᅢ여지면
나의 원수나 나의 몸이나 다 화를 면ᄒᆞᆯ 수 업슴이오
혹 허다한 보패와 재산을 가진 쟈라도
다 네 것 내 것을 물론ᄒᆞ고 분분히 물에 던져
배를 가비야히 만들어 가라안지 안키만 도모ᄒᆞᆯ지니
이는 그 배가 잠기면 나의 목숨이 홀로 살 수 없고
목숨이 살지 못ᄒᆞ면

보패와 재산이 또흔 귀흘 것 업슴이라
(…………)
우리가 지금 당장에 빠져가는 즁에
안졋스니 졍신찰여볼지어다."*

이쯤 오면 그는 코를 골았습니다
깊은 잠에 빠진 5월의 한낮
그는 꿈속에서 고아원 시절로 되돌아갔습니다
아치볼드 브이 아놀드가 주던
초콜릿과 젤리와 깡통을 따먹으며
목련꽃 그늘 아래 망연히 서 있었습니다
그것은 다디단 갈증이었습니다
그것은 한량없는 배고픔이었습니다
그렇게 1년 또 1년이 지났습니다
그는 이제 다섯 살이었고
때는 6월이었나봅니다
경무대 뒤뜰에는 공포 같은 녹음이
성난 젊음처럼 우거지고 있었습니다
그는 뜰에 앉아 풀각시놀이를 즐기며
신랑이 각시를, 각시가 신랑을
엉큼성큼 잡아먹는 이야기를 지어냈습니다
때로 히, 히, 히, 소리 내어 웃었습니다

3. 아아 죽음 또 죽음

그러던 어느 날이었습니다
천지를 뒤엎는 총포 소리와 함께
삼천리가 피바다로 물들었습니다
삼천리가 향두가로 잦아들었습니다
삼천리가 곡소리로 들끓었습니다
삼천리 반도 금수강산이
쑥국새 울음으로 자지러지던 그날,
그는 붙잡혔고 끌려갔습니다
"애기 동무, 니 반동 할아부이 새끼
어드메 있는지 불지 못하겠음메?"
아아 끝내 입을 열지 못한 그는
괴뢰군의 꽈리가 되었습니다
날궂이하는 미친년처럼
동서남북으로 꽈리 울음소리를 내며
동서남북으로 능욕당했습니다
"이 간나새끼들도
미제 앞잡이 아니가."
굴비 두름처럼 끌려온 동포들
두엄더미처럼 짓밟히는 겨레들
그리고 즈믄 가람 달빛에 쓰러지는 민족들
오오 나라 잃은 슬픔보다 배가 고파 울부짖는
고아와 노인들과 유린당한 처녀들과
불타는 강산을 보며 그는
패망의 성벽에 앉아

석 달 열흘을 통곡하였습니다
석 달 열흘을 울부짖었습니다
석 달 열흘을 단식하였습니다
그는 이제 아놀드도 이승만도 믿을 수 없었습니다
초토가 된 한반도
거덜난 가산과 쓰레기 마을들 때문이 아니었습니다
배고픔 따위나 생이별 때문만은 아니었습니다 오오 그
것은
이승만이 데려온 코쟁이와 깜둥이 미군들,
양키와 깜둥이의 그것을 빨아주며
초콜릿 한 덩이로 행복해하는
푸르디푸른 이 땅의 아이들 때문이었습니다
아아 그것은 개마고원 같은 무서움이거나
칠흑의 벽력같은 공포였습니다
전쟁 뒤의 강산은 풍성했습니다
국적 불명의 자폐증 환자들
국적 불명의 세습적 정치 노예
예의지국 전통의 거지 근성
미제 덤핑의 해결 맹종주의 그리고
포르노보다 더 무서운 불결한 피가
조국의 혈관에 돌고 있었습니다
단번에 끝나는 건 죽음이 아니었습니다

그러나 참 이상한 일이었습니다

쓰레기 하치장에 방치되었던 그는 드디어
눈부신 아픔으로 전율하였습니다
눈부신 통증으로 눈부신 고독으로
전신이 들먹이기 시작했습니다

4. 피돌기가 시작될 무렵

백 도까지 들끓는 신열이 있었습니다
천 도까지 치솟는 절규가 있었습니다
만 도까지 치닫는 피돌기가 있었습니다
그것은 아이젠하워 때문이 아니었습니다
그것은 이승만 때문이 아니었습니다
그것은 좌절이나 서러움 때문도 아니었습니다
오오 그것은 애오라지 이 겨레,
깜둥이의 그것을 빨아주고서라도
이빨 희게 드러내며 뛰노는 아이들,
두엄으로 휘날리는 한얼의 백성들,
그 모든 것에 대한 모성 때문이었습니다
그는 한반도의 동해로 누워서
깊고 먼 해안까지 달려가
붉은 태양 하나를 토해냈습니다 그리고
'자유'라 이름하였습니다 그리고
'사랑'이라 이름하였습니다 그리고
'피돌기'라 이름하였습니다
밤으로 밤으로만 우는 동해는

그 이후 한반도의 꿈이 되었습니다
그 이후 한반도의 깃발이 되었습니다
낮으로 낮으로만 날개 치는 동해는
그 이후 젊은이의 임이 되었습니다
누가 그 사랑 막을 수 있습니까
누가 그 믿음 떼어놀 수 있습니까
누가 그 희망 삼킬 수 있습니까
피돌기는 이미 시작되었는데,

그러나 승만—리는 전쟁 전과 조금도
달라지지 않았습니다
승만—리는 미주 공식 방문의 장도에 오르며
그의 잠언 1장을 게시하였습니다
"청컨ᄃᆡ 우리 대한 동포들아
상하귀천 대소관민 빈부존비 남녀노소를 다 물론ᄒᆞ고
삼천리 강토에 속ᄒᆞ야 이천만 인구에 참여ᄒᆞᆫ 쟈는
다 나라를 이렇케 만든 것이
얼마큼씩 자긔의 책망이 있ᄂᆞᆫ 줄 깨달아야 ᄒᆞᆯ지라.
그즁에 권리를 잡고 정부에 안져
국가를 손으로 팔아먹은 죄악이
세상에 드러ᄂᆞᆫ 쟈도 잇스며 혹은
그런 사람들의 일군이 되여
나라집을 헐어버리는 일에 조역ᄒᆞᆫ 쟈도 만ᄒᆞ며 혹은
소위 점잔은 완고대관이라고

폐통과 도리만 찰이다가
나라집이 쓰러지기에 닐으되
말 혼마디 못한 쟈도 만흐며 혹은
개명상에 명예 잇는 대관이라고
형편 따라 번복후야
자기들의 비긔지욕만 채운 쟈도 무수하며 혹은
미관말직이라도 얻어다니는 것만 영광으로 녁여
권리가 젹으니 칙망이 업다 하고
젼후에 궁흉극악혼 일을 무수히 챤조혼 쟈도 만흐며
기타 모든 불법불의혼 류들은 다 물론후고 지어
아래 백성으로 말후여도 다 이와갓치
혹 죄악은 범치 안엇다 후나 경향원근을 물론후고
나라집의 쓰러짐을 밧들지 못한 죄는
더마다 갓치 가진지라."*

그리하여 나라집엔 비상이 걸렸고
철통같이 보강된 승만—리의 경호원들은
제 하늘 가진 우리 임을
튼튼한 나라집 지을 때까지
경무대 지하실에 가두기로 했습니다
이 소문은 날개를 달고
민들레 꽃씨처럼 떠다녔습니다

* 이승만의 『독립정신』에서 전용.

"각하, 국민은 각하만을 원하고 있습니다."
"국민의 뜻이라면 낸들 거역하겠소?"
흔들리는 목소리로 승만—리는
이천만 동포들을 향하여
믿음 어린 시국 연설을 강행한 날 오후
저 강원도 통천읍쯤의 산촌으로
소위 '시국 시찰'을 떠났습니다
"거 노인장 쌀 한 되에 얼마요?"
네 각하 3백 환이올시다요
"쇠고기 한 근에는 얼마요?"
네 각하 1백 환이올시다요
"허허, 쇠고기 서 근에 쌀 한 되면
농민도 얼굴에 기름기는 돌겠구료."
매우 만족해서 돌아온 승만—리는
농림부 장관을 승진시키는 일로
농업정책 성공을 믿어버렸습니다
이제 시국은 안정되었고
농민들은 잘산다고 믿었습니다

5. 우리가 그대 구하러 왔노라
그런데 참 이상한 일이었습니다
팔도강산 이 골목 저 골목마다
아이들은 입을 모아 노래를 불렀습니다

너는 너는 들었느냐
절세 미녀 소식을
5천 년 역사에서 처음 있는 미녀가
그 집 골방에 꽁꽁 묶여 있단다
그녀 눈길과 한번 마주치기만 하면
할아버지 젊어지고
어린이는 어른 되고
엄동설한 각설이도 왕자 된단다

너는 너는 들었냐
절세가인 소식을
5천 년 역사에서 처음 오신 우리 임
그 집 담벼락에 꽁꽁 묶여 있단다
우리 임 손목 한번 잡아보기만 하면
식은 목숨 더워지고
설운 가슴 풀리고
우리 임 가슴에 안겨보기만 하면
캄캄절벽 대낮같이 밝아진단다

가자스라 가자스라 우리 임 찾으러
가자스라 가자스라 우리 임 만나러
남녀노소 하루바삐 그곳에 가자스라

오금이 저리는 건 젊은이들이었죠

동해에 팔 담그며 자란 젊은이
일출봉에 해 뜨듯 눈뜬 젊은이들은
골목마다 파다한 노래를 따라 부르며
삼삼오오 어깨동무를 하고
진달래 흐드러진 4월
맨주먹 맨가슴 맨발도 힘차게
우리 임 찾아 행군했습니다

가자스라 가자스라 우리 임 찾으러
가자스라 가자스라 우리 임 만나러
한반도 젊은이여 우리 함께 가자스라
사나이로 태어나서 하나뚤셋넷
할 일도 많다마는 하나뚤셋넷
우리 임 찾지 않고 하나뚤셋넷
어찌 큰 뜻 이루랴 하나뚤셋넷

오오 유사 이래의 함성
오오 유사 이래의 불기둥
한반도 덮고 남을 피비린내여,
총받이로 울부짖는 임
젊음으로 젊음으로 쓰러지는 임
전태일의 제단에서 웃고 있는 임
임은 그렇게만 와야 했나요
임은 그렇게만 손잡아야 했나요

저 빈산에 아우성 그치고
피보다 붉게 진달래 사그라진 그날
되찾은 우리 임 보신 동포들이여
그러나 그는 중환자에 불과했습니다
그의 섬섬옥수에선 악취가 풍기고
등과 유방에선 고름이 흘렀습니다
그의 두 눈에선 피눈물이 흐르고
헝클어진 머리에선 이가 득실거렸습니다
수천의 젊은이가 보자기에 덮이고
속수무책의 밤이 또 깊었나이다

6. 가시는 걸음걸음 놓인 그 꽃을 사뿐히 즈려밟고 가시옵소서

196×년 ×월 ×일
그는 육군통합병원에 입원하였습니다
모든 면회는 사절되었고
중환자실에 입원 가료중인 그를 위하여
살아 있음이 부끄러운
수많은 젊은이가 피를 팔았습니다
살아 있음이 안타까운
수많은 젊은이가 간을 팔았습니다
수많은 젊은이가 눈과 심장을 바쳤습니다
수많은 젊은이가 콩팥을 바쳤습니다
이 아기자기한 한반도에서

그와의 한평생을 꿈꾸는 젊은이
그와의 연애를 열망하는 사제들이
밤마다 야훼께 번제를 드리고
한줌 꽃가루로 사라져갔습니다
그는 결코 돌아오지 못했습니다
길고 징그러운 투병 생활
어둡고 음습한 병상의 고통에서
그는 조금씩 실성기가 들더니
한바탕 자지러진 날궂이를 하고서
어느 날 돌연 소천하였습니다
산굽이 굽이굽이 진달래 피었건만
그 꽃 즈려밟고
임은 갔습니다
1970이나 ×년 10월 상달……
그의 약전은 이러하였습니다 (쾅)

제3장 추도시

다음은 고인의 혼을 기리는 유족 대표께서
애통하고 절통한 마음 함께 나누고자
추도시를 봉헌하겠습니다
고민해 여사는 비록 갔지만
우리 다 함께 옷깃을 여미고
마음속 심지에 조등을 밝히소서

시 1

197×년 10월 그날을
우리는 '한얼'의 종지부라 적어두자
197×년 10월 그날을
우리는 한민족의 꿈이라 불러두자
1980년 모월 모일을
우리는 우리들의 죽음이라 전해주자
3천5백 개의 조등(弔燈)을 켜들고
3천5백 개의 절망이 모인 이 밤
3천5백 개의 희망이 모인 이 밤
캄캄하게 캄캄하게 뻗은 이 길
3천5백으로 얼크러진 저 길이
그대도 나도 보르는 들녘에서
절망으로 절망으로 우거지는 날을 위하여
오늘은 우리 긴 슬픔의 밑동아리에

온 삭신 삭아내린 밑거름으로 울자

철없이 먹고 마신 우리의 가슴에
깃발 같은 한 장의 화인(火印)을 남기고
즈믄 가람 속에서 그가 임종하던 날
우리가 즐긴 건 피크닉과 티브이 쇼
야구 경기와 권투 시합이었지만
무슨무슨 세미나와 무슨무슨 모임
구라파와 아프리카 인도 관광이었지만
197×년 ×월 ×일이
우리의 죽음이라 불러두는 오늘밤에는
그가 빚어놓은 포도주를 마시며
한반도의 장손들 모여
어둠 속에 질펀하게 퍼질러 앉아
3천5백만의 길을 묻는다
3천5백만의 뜻을 묻는다
캄캄하게 캄캄하게 뻗은 이 길
3천5백으로 얼크러진 저 길이
그대도 나도 모르는 곳에서
믿음으로 믿음으로 우거지는 날을 위하여
오늘은 우리 참회의 밑동아리에
천년만년 타고 남을 숯을 굽자
천년만년 솟고 남을 해를 굽자

시 2

그를 사랑하는 한반도의 사람들
그를 기다리는 한반도의 젊은이는
아무도 그날을 잊지 않으리
그의 지친 어깨에 짊어진 상처
그의 터진 살갗에 엉킨 치욕
그의 주린 가슴에 움켜쥔 자유
그의 피로 얼룩진 저마다의 하늘을
결코 아무도 포기하지 않는다
그의 한평생은 누더기였지만
그의 어진 가슴은 숯불처럼 따스하였고
그의 한평생은 가시밭길이었지만
그의 품속은 고향땅이었어라
그의 365일은 지뢰밭이었지만
그가 부어내리던 확신의 햇빛
그가 간수하였던 평등의 강물
우리는 그 모두를 가졌나이다
우리는 그 모두를 잃었나이다

그가 몸을 누인 저 벌판
푸른 눈불 번뜩이는 저 벌판에,
우리 동포들 나라 잃은 설움 안고
북간도로 서간도로 연해주로 사할린으로

블라디보스토크와 시베리아로
기진맥진 떠돌다 사그라진 저 벌판에,
두만강을 건너고 만주벌 가로질러
우리 형제 무릎 꿇은 저 벌판에,
동학군 말달리던 저 벌판에
4·19 타오르던 저 벌판에
캄캄하게 캄캄하게 뿌리 뻗은 이 길
3천5백으로 묻힌 저 길이
그대도 나도 모르는 궁륭에서
울울창창 밀림으로 춤추는 날을 위하여
오늘은 우리 어둠의 밑동아리에
몇 드럼 그리움 그리움으로 흐르자
빈 몸 빈 넋으로 울자
오 197×년 모월 모일을
우리는 오늘밤 부활이라 꿈꾸자

제4장 추도사

저희 어머님을 위해서
장도에 오르신 해외 교포 여러분
그리고 만장하신 형제자매 여러분
여러분이 켜드신 대낮 같은 조등 아래
지난날 저희 슬픔 눈 녹듯하옵니다
옛말에 이르기를
백지장도 맞들면 가볍다 하였으니
억장 무너지듯한 사별의 아픔이
오늘밤 어찌 이리 고귀한 끈인지요
이제 제 슬픔이 여러분의 슬픔이고
여러분의 그리움이 제 갈증이오니
손 맞잡은 오늘밤 그냥 헤어지다니요
비록 지금은 명을 달리했다 해도
구천 황천 북망산에 고이 계신 우리 임
혼백 혼령 불러내어 놀아봄이 어떻소
초혼제 한마당에 세시 풍파 다 잊고
얼키설키 꼬인 설움 풀어냄이 어떻소
뜻 맞은 오늘밤 그냥 돌아서다니요
한 사람의 이웃도 가지 마시고
새마을식당에 마련해놓은
밥과 국을 든든히 드신 다음
우리 임 오시는 길 마중 나가봅시다

지하 명부전 어머님께서도

제주 봉헌 흡흡히 흠향하시고
얼기설기 내리소서

제5장 초혼제

1. 우리는 서로 무너졌나이다

다만 우리는 곡하였나이다
무어라 이름 못할 쭉정이로 떠돌면서
더러는 문화인 상표를 달고
더러는 호남평야 쑥 뿌리로 엉키면서
확실하게 열려 있는 미래를 보는 날이면
우리는 서로 무너졌나이다
비겁하게 비겁하게 무너졌나이다
신낭만주의를 앞세우며 무너졌나이다
신구호주의를 앞세우며 무너졌나이다
신도덕주의를 앞세우며 무너졌나이다
신해결주의를 앞세우며 무너졌나이다
신정통주의를 앞세우며 무너졌나이다
신예술주의를 앞세우며 무너졌나이다
신실천주의를 앞세우며 무너졌나이다
신구국주의를 앞세우며 무너졌나이다
신상상주의 신서정주의 신비평주의 신구조주의를 앞세우며
무너지고 무너지고 무너졌나이다
확실하게 열려 있는 미래를 보는 날이면
지식은 우리의 밥이 되었고
밥은 우리의 포도청이 되었으므로
우리는 오직 따스했으므로
우리는 오직 당당했으므로

우리는 오직 풍성했으므로
출애굽의 광야를 보았으나
오직 애굽 땅의 고깃국을 그리워했으므로
파라오의 제단에 통성명을 바치고
주민등록증은 안전했으므로
무너진 시온성
버드나무 아래 앉아
입술이 마르도록 곡하였나이다
우리는 이미 너무 가졌으므로
(통과통과통과 통—과)
적막한 달빛이 고요한 밤
역적들은 국경 깊숙이 스며들었고
우리는 이미 우리의 수치심과 상종하지 않으므로
(통과—통과—통과—통과)
마적떼들 대궐 깊숙이 가부좌 틀었고
우리는 절망 따위 손든 지 오래이므로
꼭두각시놀음 길든 지 오래이므로
(통과—통과—통과—통과—통과)
슬픈 노래 절판된 지 오래이므로
어둔 노래 금지된 지 오래이므로
우리 고독 곰팡 슨 지 오래이므로
무너진 시온성의 버드나무 아래 앉아
무성한 풀잎 쥐어뜯으며
두 다리 쭉 뻗고 통곡하였나이다

돌아오지 않는 아들을 위하여
각설이로 떠도는 전봉준을 위하여
산산이 흩어진 이름들을 위하여
다만 우리는 곡하였나이다 적막강산에서
곡하고 곡하고 곡하였나이다

2. 우리가 부르다 부르다 죽을 이름이여
그리하여 오늘밤 우리 장손들 모여
국경 밖에 유랑하던 자손들 모여
국적 없이 떠돌던 나그네 모여
무너지고 남은 오지랖들 모여
3천5백 개의 조등에 불 밝히고
합장 재배 기원 축수 앞앞이 드리오니
지하 명부전 우리 임네
행여나 지체 말고 앞앞이 오사이다
좋기로야 이승놀음 구천에 비기리오
누누이 정신 차려 출항 소식 드리오니
꽃 피는 춘삼월 시절 좋고 임도 만나
튼튼한 사내들 후손 두게 하시고
민주 세대 풍년 만나 시름 풀게 하소서
민주 세대 임 반기며 한숨 놓게 하소서

지난날 우리 과실 뒷전에 눌러두고
허송세월 기억일랑 십분 접어주시고

중년 맞은 이 자손들 일단 맞아주시라
거렁뱅이 이 자손들 곧게 세워주시라
이제 대오각성하야 철 들기 원하오니
즈믄 가람 닫힌 사립
활짝활짝 젖히시라
이 백성 기다리다 떼죽음하기 전에
좌우지간 인연 맺은 이 땅에 내리시라

그냥 오라시면 아니 올세라
민족 통일 기원 축수 밟고 내리소서
국토 통일 기원 축수 밟고 내리소서
경제 통일 기원 축수 밟고 내리소서
빈부 통일 기원 축수 밟고 내리소서
지역 통일 기원 축수 밟고 어서 속히 내리소서
지맥 통일 혈맥 통일 문맥 통일 학맥 통일
치부 폐지 맹종 폐지 아부 폐지 호출 폐지
불신 폐지 단절 폐지 미행 폐지 공포 폐지
폐도·폐문·폐필 폐지
골품제 폐지 기원 축수 밟고 내리소서
관품제 폐지 기원 축수 밟고 내리소서
육품제 폐지 기원 축수 밟고 내리소서
인품제 폐지 기원 축수 밟고 내리소서
족품제 폐지 기원 축수 밟고 내리소서
혼품제 폐지 기원 축수 밟고 내리소서

입 있는 벙어리 폐지
눈뜬 봉사 폐지
청맹과니 폐지
외제 선호사상 폐지
보수주의 선호사상 폐지
일제 교육사상 전수 폐지
앞앞이 기원 축수 밟고 내리소서
앞뒤 가리지 말고 내리소서
가타부타하지 말고 내리소서
한반도 이 땅에 절로 깊은 어둠에로 내리소서
한반도 이 땅에 절로 닫힌 문 앞으로 내리소서
한반도 이 땅에 절로 나는 탄식 소리
한반도 이 땅에 절로 오는 생이별
단번에 쫓으시려 내리소서 내리소서
기왕지사 인연 맺은 이 땅이기로서니
이번에 한 번만 내리시기만 하면
석삼년 병든 전답 옥답으로 일구고
석삼년 풍년 들게 하겠나이다
석삼년 풍어제 바치겠나이다
석삼년 태평성대 바치겠나이다
막힌 물꼬 터주고
닫힌 항로 길을 내어
강줄기 바다 가슴 어디서나 만나서
수천 대 이을 후손 기르게 하겠나이다

민주 통일 후손 낳게 하겠나이다
기왕지사 인연 맺은 이 땅이오니
이번에 한 번만 내리시기만 하면
벌거숭이 산마다 삼림 우거지게 하고
잡초뿐인 들녘에는 나락농사 그득하며
황톳길 보릿고개 애초부터 없애리다
이웃간에 믿음소리
가족간에 웃음소리
관민간에 경천애민 이어지게 하리다
이제 빼도 소용없고
이제 싫어도 소용없으니
할 일 많은 이 땅으로
가시는듯 도셔오쇼셔

가자스라 가자스라 우리 임 만나러
가자스라 가자스라 우리 임 반기러
뛰는 피 끓는 가슴 임 찾아 가자스라

4부 환인제(還人祭)

환인제

첫마당 불림소리

(무당1 큰굿 의관 차려입고 등장하여 능청 떨며 호들갑 떨며……)

우리 임 어디 갔나
그 사람 어디 갔나
기산 명수 별 건곤 소부 허유를 따라갔나
적벽강 명월 유월 이적선 따라갔나
추야월 소동파 따라갔나
팔도강산 유람길 김삿갓 따라갔나
월지매 따라갔나
곰배팔이 따라갔나
김선달이 따라갔나
홍길동이 따라갔나
남쪽 나라 강남 길 쌍제비 따라갔나
시월상달 기러기떼 따라갔나
여보시오 동네방네 우리 임 보았소?
구년 치수 장마시에 햇발같이 보고지고
칠년대한 왕가뭄에 빗발같이 보고지고
우리 임 만나면 코도 대고 입도 대고
우리 사람 만나면
안아도 보고 업어도 보련만
우리 임 간 곳 없고

우리 임의 사촌들뿐이라
우리 사람 어데 가고
우리 임 사촌들의 그림자뿐이라
이웃사촌 좋다 해도 임만은 못해
동기간 좋다지만 임만은 못해
동지섣달 긴긴 밤 임 생각뿐이오니
춘풍 봄날 긴긴 낮 임 생각뿐이오니
보고지고 보고지고 임 생각 간절하니
오장육부 빼서라도 임 찾으러 가야지
이웃 동기 팔고라도 임 찾으러 가야지
10년 가불하고라도 임 찾으러 가야지
시방세계 흉년에도 사람은 살으렷다
시방세계 가뭄에도
우리 임은 살으렷다!
여보시오 동네방네 임 찾으러 갑시다
여보시오 동네방네 임 만나러 갑시다
(절절 절시고 절절 절시구 얼쑤 얼쑤 한판 어울린다. [추임새])

두마당 조왕굿

(정한수 조왕상 차려놓고 무당2 등장. 당당당 바가지 두드리는 소리.)

조왕마님 조왕마님
으름장 같은 성은 입어
망극다이 비나이다
비나이다 비나이다
조왕님전 비나이다

우리 귀남자 자손
생계(生)주고 태워(出)주었으니
우리 애기 노래(울음) 없게 해주시고
가는 길 높은 산 없게 해주사이다
가는 길 잔병일랑 없게 해주사이다
복은 석숭이 복을 주시며
명은 동방삭이 명(命)을 주사이다
마음은 산수 절경과 같아서
높은 뜻 우러르며 훨훨 가게 하사이다
발길에 채인 뿌리 넘어가게 하시고
가로막는 칡넝쿨은 자르게 하사이다
산을 보면 산을 넘고
물을 보면 물을 건너
앉거나 서거나 걷거나 자거나
높은 뜻 고이 품어 훨훨 날게 하사이다

(당당당 바가지 소리. 훨훨 날게 하사이다. [추임새])

조왕마님 조왕마님
어진 임께 비나이다
비나이다 비나이다 비나이다
오장육부 합장하여 비나이다
손끝 발끝 싹싹 비벼 비나이다

나쁜 일 하는 데는 명석한 지어미
저승엔들 닮지 않게 하시고
좋은 일 하는 데는 생각조차 더딘 애비
구정물도 안 튀어가게 하사이다
우거진 수풀로 사자들이 갔사옵기
한 번만 불퇴를 질러주시고
이왕사 헐릴 담엔 길을 내지 마사이다
엉겅퀴 밭일랑은 씨 뿌리지 마사이다
사람 못 살 자갈밭엔 터 잡지 마사이다

우리들이야 어차피 깨달음 더디고
뭇매 맞아도 아픈 줄 모르오니
으짜든지 우리 귀남자 자손
청맹과니 되지 않게 비나이다
귀머거리 되지 않게 비나이다
벙어리 되지 않게 비나이다

놀고먹지 아니하게 비나이다
등쳐먹고 살지 않게 비나이다
간 내먹고 살지 않게 비나이다

사는 데 급급하지 말게 하사이다
아는 데 조금 떨지 말게 하사이다
갖는 데 들뜨지 말게 하사이다
없는 것에 꿀리지 말게 하사이다
(덩덩덩 징소리. 꿀리지 말게 하사이다. [추임새])

조왕마님 조왕마님
어진 삼신전에 비나이다
매듭 풀어 비나이다
오기 잘라 비나이다
손끝 발끝 비나이다
가슴 조여 비나이다

기왕지사 우리 애기
태워주고 낳아주었으니
추수할 때 추수하고
씨 뿌릴 때 씨를 뿌려
우여곡절 비켜서게 하시고
환란풍파 다스리게 하사이다

부모 없는 아이 짓밟을까 두렵고
과부 설움 차버릴까 우려되나이다
큰일당해 방황할까 걱정되나이다
알고도 쓸려갈까 마음 두근거립니다
모르고 잃을까 정신 바짝 드나이다

조왕마님 조왕마님
으름장 같은 성은 입어
망극다이 비나이다
복은 석숭이 복을 주시고
명은 동방삭이 명을 주시어
앵두 빛 같은 우리 귀남자 자손 얼굴에
천지신명 그림자 어리게 하사이다
햇발 같은 우리 귀남자 자손 가슴에
천지신명 크신 뜻 자라게 하사이다
조왕님네 조왕님네
정한수 한 사발에
빌고 또 비나이다
퉤퉤
(덩덩덩 징소리. 동네 사람 퉤퉤. [추임새])

세마당 푸닥거리

(주문에 따라 온갖 귀신 온갖 탈 등장한다. 북소리, 징소리.)

서해 앞바다 풍어제 먹고 사는 귀신아
남쪽 호남평야 풍년제 먹고 사는 귀신아
동해 설악산 산신제 먹고 사는 귀신아
북쪽 만주벌 지신제 먹고 사는 귀신아
동구 밖 당산목에 당산제 먹고 사는 귀신아
가뭄 들린 전답 기우제 먹고 사는 귀신아
한 많은 고샅마다 동제 먹고 사는 귀신아
씻김굿 먹고 사는 귀신아
안태굿 먹고 사는 귀신아
별신굿 먹고 사는 귀신아
성주굿 먹고 사는 귀신아
칠성굿 먹고 사는 귀신아
넋풀이 먹고 사는 귀신아
살풀이 먹고 사는 귀신아
육천 동태 잔밥 먹고 사는 귀신아
(북소리 징소리 피리 소리.)

한판 걸게 차렸으니
썩 썩 나오너라
(요란한 꽹과리.)

월성황천(月城皇天) 도깨비도 나오너라

밀본법사(密本法師) 육환(六環)에 찔린
불여우도 나오너라
황천벌 악룡도 나오너라
극락세계 선룡도 나오너라
북망산 굽이굽이 원귀들도 나오너라
완도 땅 서리서리 초분귀신 나오너라
은도깨비 홍도깨비 청도깨비
나오너라 은도깨비 형님 홍도깨비 형님
청도깨비 형님도 나오너라
(요란한 꽹과리, 북소리. 형님도 나오너라. [추임새])

돈지 할망 나오너라
돈지 하르방 나오너라
골매기 나오너라
당골네 나오너라
전라 경상 충청도 당산지기 나오너라
강원도 별신지기 나오너라
한판 걸게 차렸으니
산대놀이 광대놀이 본풀이 도당굿
말축동제 천신제 모두 한데 어울려
분향 헌주 드리고 치국평천하여보자
(치국평천하여보자. [추임새])

제주도 돼지우리 돈육포

전라도 낙농단지 우육포
울릉도 앞바다 어육포
백년 묵은 늑대 등심포
돼지머리 쇠머리 염소머리 사자머리
돈족 우족 마족 나귀족 사족
네발 달린 짐승 고기 죄다 차려놓았으니
진수성찬 앞에 놓고 원없이 먹어보자
(원없이 먹어보자. [추임새])

그냥 먹기 켕기거든 탈을 쓰고 나오너라
각시탈 나오너라 탈탈 (나간다.)
영감탈 장고 들고 나오너라 탈탈 (나간다.)
노파탈 소고 들고 나오너라 탈탈 (나간다.)
취발탈 징 들고 나오너라 탈탈 (나간다.)
먹중탈 목탁 들고 나오너라 탈탈 (나간다.)
양반탈 꽹과리 들고 나오너라 쉬
지주탈 피리 들고 나오너라 쉬
생원탈 큰북 들고 나오너라 쉬
말뚝탈 작대기 들고 나오너라 쉬
팔목승탈 불퇴 들고 나오너라 쉬
상양반탈 상놈탈 지주자식탈
썩 썩 나오너라 탈 탈 탈
(썩 썩 나오너라. 얼쑤 얼쑤 얼쑤 얼쑤 온갖 탈춤 걸판지게 어울린다. [추임새])

탈탈 탈탈탈 탈탈 탈탈탈
각시탈 중탈 백정탈 살생탈
양반탈 생원탈 영감탈 노파탈
지주탈 취발탈 노제탈 사자탈
탈탈 탈탈탈 탈탈 탈탈탈
봐탈 보탈 강탈 약탈
봉산탈 양주탈 무당탈 도깨비탈
입맞추고 넋 맞추어 수신제가하여보자
탈탈…… 춤출 탈 탈탈…… 춤출 탈
흥부탈 놀부탈 흥부형님탈 놀부뱃심탈
달도 밝구나 명월탈
밤도 깊구나 어둠탈
좋기도 좋구나 사랑탈
놀아나보자 신명탈
너 죽고 나 죽자 백정탈
치국평천 좋을시고 좋을시고 좋을시고
좋을시고 징징 좋을시고 징징
(좋을시고 징징 좋을시고 징징. [추임새] 무당 목소리 낮추며……)

어떤 마소 테우리(목동)가 몰려간다
쉬——
아무 마소 물러간다

쉬——

(마당에 불이 꺼지고 마당 사람들 쉬. [추임새])

네마당 삼신제

(징소리 크게 울리고 네 구석에 횃불 점화.)

우리 자손 나가신다 쉬
천지신명 불퇴 들고 나가신다 쉬
닭 울기 전 삼신님 나가신다 쉬
우리 자손 앞세우고 천신님 나가신다 쉬
우리 자손 앞세우고 수신님 나가신다 쉬
우리 자손 앞세우고 지신님 나가신다 쉬
우리 자손 앞세우고 용왕님 나가신다 쉬
우리 자손 앞세우고 조왕님 나가신다 쉬
(우리 자손 나가신다 나가신다 나가신다. [추임새])

우리 자손 나가는 길
부정한 것 물러가라 둥둥둥
남쪽에 나는 귀신 물러가라 둥둥
북쪽에 기는 귀신 물러가라 둥둥
동쪽에 자는 귀신 물러가라 둥둥
서쪽에 앉은 귀신 물러가라 둥둥
물러가라 물러가라 물러가라 물러가라
(물러가라 물러가라. [추임새])

대문 밖에 목병귀신 선반 위에 처녀귀신
나들이 객사귀신 잠자리 총각귀신
산 좋고 물 좋은 구천으로

바람이듯 썩 물러가라 둥둥
남산귀신 물러가라 동산귀신 물러가라
북쪽귀신 물러가라 서쪽귀신 물러가라
귓병귀신 물러가라 눈병귀신 물러가라
발병귀신 물러가라 입병귀신 물러가라
잔칫상에 몰려 앉은 떼귀신아 물러가라
산 좋고 물 좋은 구천으로
썩 썩 물러가라 둥둥
(썩 썩 물러가라. [추임새])

어흠 어흠 어흠 어흠
천신님 내리기 전 어흠
수신님 솟기 전에 어흠
지신님 오르기 전 어흠
어진 삼신 어전에서
천리만리 물러가라 어흠 어흠
(어흠 어흠. [추임새])

신 내린다 신 내린다
삼신님 내리신다
땅 위에 멍석 깔고 하늘에 넋을 풀어
우리 신 오신 길에 환인제를 올려라
백옥 같은 얼굴에 팔자 눈썹 세우시고
백두산 코 해 같은 눈

천신님 내리신다 어흠
용궁 같은 수신님 대지 같은 지신님
어진 삼신 내리실 제 부정한 것
썩 물러가라 어흠 어흠
(어흠 어흠. [추임새])

서양 귀신 물러가라 훠이 훠이
전능자 샤마쉬(태양신)의 목숨을 걸고 이르노니
신무당 아사툴루두의 이름으로 이르노니
순식간에 연옥으로 떨어져나가거라
정녕 여기서 물러가지 않으면
자 너를 섬멸하시는 기라(불의 신)의
창 받아라! 훠이 훠이
창 받아라 창 받아라 창 받아라
꽥 꽥
(꽥 꽥. [추임새])

동양 귀신 물러가라 둥둥
백년 묵은 구미호 수년 묵은 도채비
어진 삼신 불퇴 앞에 바람이듯
썩 썩 물러가라 둥둥

돼지머리 쇠머리 염소머리 사자머리
네발 달린 짐승 머리 죄다 차려놓았으니

배 채우고 욕심 채워 썩 물러가지 않으면
단칼에 목을 베고 유황불에 몸을 태워
허허공중 잿더미로 날게 하리라
둥둥둥……
(허허공중 잿더미로 날게 하리라. [추임새])

다섯마당 환인제

(흰옷 입은 당골네3 등장. 고요한 마당 주문 소리.)

이 땅의 깊은 늪 토방 속에서
방 하나 밝힐 불 여전히 타는데
사람 하나 기다리는 불빛 타는데
드들드들 드들강은 날궂이로 몸져눕는데
떠난 임은 소식이 없고
떠나간 임은 만날 길 없고
떠나간 임은 산 오장 녹이고
떠난 사람 출항가 뻐꾸기 되어
뻐꾹 뻑뻐꾹 뻐꾹 뻑뻐국
산천 솔기마다 젓는 소리 들리고
뽀드득 한 목숨 쓸리는 소리

입 열 개라도 어미는 외로워
귀 스무 개라도 어미는 멍멍이

저승 극락세계라도 이승만 못해
몇 굽이 돌아오는 추위에 기대어
빈자리 적막에 기대어
장승백이 웅지 밑에 기대어
사시나무 떨듯 기다리는 어미

갸륵해라 갸륵해라 갸륵해라

다만 사람 하나 간절한 방
떠난 그대 염의(殮衣)를
마름질하는 손
(마름질하는 손. [추임새] 불이 꺼진다.)

■ 마당굿을 위한 장시

5부 사람 돌아오는 난장판

사람 돌아오는 난장판

등장인물 / 도깨비탈을 쓴 청·홍·은 도깨비,
무당·박수·남정네, 마당 사람들 외.
때·곳 / 1900년대 어느 가을 혹은 봄·여름 굿청

첫째 마당(징소리 크게 한 번)

제1과장 홍도깨비춤
제2과장 청도깨비춤
제3과장 은도깨비춤
제4과장 상여꾼의 춤

〈고사〉

길놀이를 끝낸 사람들 굿청에 하청하면 마당놀이를 시작하기 전에 제상을 차려놓고 고사를 지내는데 쇠머리(돼지), 삼색과실(사과·배·감·밤 등), 시루떡, 술 등을 제상 원칙대로 차린다. 그리고 상 앞에 청도깨비탈, 홍도깨비탈, 은도깨비탈을 차례로 놓고 둘째 줄에 무당·박수 무구를 배열한다. 그다음 헌주를 올리고 놀이꾼 전원이 절을 한 다음 고삿말을 낭독하고 소지를 올리며 고인이 된 놀이꾼과 선열들의 명복을 빌고 고사떡을 관중에게 나누어준 후 곧 놀이에 들어간다.

〈고사 지내는 말〉

유세차 모년 모월 모일 오늘 길일을 택하여 「사람 돌아오는 놀이」를 하려고 열의 열성에 각 자손이 모여 정성을 드리오니 흡흡히 흠향하시고 눈도 티도 보지 마시고 손톱눈 하나 틴 사람 없이 무사히 끝나게 하여주시옵기를 천지신명께 비나이다.

고사가 끝나면 징소리 연타하고 홍색탈을 쓴 홍도깨비 비호같이 달려나와 발림을 한다.

홍도깨비 벌여보세 벌여보세 도깨비 잔치 벌여보세
인육에 초장 치고 도살 잔치 벌여보세
(거드름 장단으로 한 바퀴 칼질하고 외사위로 빠르게 망나니 폼으로 춤추다가 중앙에 자리를 잡으며)

쉬이— 동쪽 것들 잠잠하라
쉬이— 서쪽 것들 잠잠하라
쉬이— 북쪽 것들 잠잠하라
쉬이— 남쪽 것들 잠잠하라
(얼쑤 절쑤 지화자자 으르륵——고수)
(끄덕이 · 용트림 · 사방치기 · 삼진삼퇴 · 너울질 · 활개펴기 · 활개꺾기 하고 나서 다시 중앙에 자리를 잡으며)

홍도깨비 이곳에 당도하여 사면을 둘러보니
도깨비불이 너울너울하고
허수아비들 넙죽넙죽 절을 하니
보기도 좋고 기분도 좋다마는
내 오늘 잔칫날 불원천리 달려왔는디
(달려왔는디. [추임새]——장고 떵쿵.)
아 이게 뭔 냄새여?
티우 방귀 냄샌가 아민 똥 냄샌가
뭐가 이다지도 향끗혀?
(코를 쫑긋거리다가 고개를 끄덕이며)

오호, 알겠다 알겠어
한 상 떡 벌어지게 바치라 하였는디
땀냄새 눈물 냄새 가난 냄새렷다
칠칠맞은 여편네 속곳 냄새
떼거지들 몰려 앉은 궁상 냄새렷다
수년 만의 잔칫상에 합수 냄새 대접사라!
(엄하고 화난 투로)

으흐응, 이런 고얀 것들
아 이게 내 잔치라고 벌인 서여?
오냐, 두고 봐라
이 밤이 새기 전에 요절복통 내주리라
주제 넘는 것들 풍비박산 만들리라

(풍비박산 내주리라. [추임새])

내 아무리 거짓말 공 자에 약속 약 자 했어도
십 년이면 강산도 변해 수전벽해라던디
지가 무슨 청상 총각이라고 (삿대질을 하며)
지가 무슨 수절 과부라고
두—강산이 바뀌도록 변할 줄을 모르다니
이 천인공노할 대역죄인들을
동산귀신 힘을 빌고
남산귀신 철퇴 빌어
도깨비 잔치 풍년 잔치
어디 한번 벌여보자—
(3목 고개잡이로 하고 고개잡이 걸음걸이—외사위로 내리치고—깨끼—짐걸이—고기잡이—깨끼리—멍석말이—곱사위—여닫이—깨끼춤을 추고 다시 중앙.)

쉬이—쉬이—
어이쿠, 나 혼자 다 해먹자니
힘도 겹고 홍도 없구나
민심도 흉흉한데 내 어디
청도깨비 이놈을 불러내어
추풍 낙엽 좋을시고
귀신권력 한상 떡 벌어지게 차려보자

(홍도깨비 삼현청 앞으로 가서 타령조로 목청 뽑아 청도깨비를 부른다.)

홍도깨비 청신아, 청—신—아—
(청도깨비 둔정거리며 등장하여 목소리 높이고)

청도깨비 어느 제—에—미 헐 놈이
지 의붓아비 부르듯
청—신—아, 청—신아 부르는 거여?
(동시에 외사위—너울질)

홍도깨비 (굿청 한가운데 다리를 벌리고 두 손으로 허리를 잡고서)
나다 이놈 (큰사위)

청도깨비 나다 이놈 (큰사위로 대꾸)

홍도깨비 오호, 청도깨비 바로 너로구나

청도깨비 (위아래로 삿대질을 하며)
이놈아, 너라니. 이 고얀 말버릇 보았나.
너라니 이놈아 (우는 시늉을 하며 타령조로)
내 20년 전 시월상달에
하도 지집 가난이 들어서
급하고 다급한 김에
지리산 은도깨비 힘을 빌고
남산 철퇴 힘을 빌어
너를 낳게 한 형님이시다 이놈아!

(형님이시다 이놈아! [추임새])

홍도깨비 으흐흐, 이놈 봐라. 니놈이 내 애비라?

(기가 질린 홍도깨비 고개를 갸우뚱하다가)

그래, 지리산 은도깨비는 내 누이고
청도깨비는 내 형님이라면
그럼 나는 뭐란 말여? (외사위 크게)

에라, 빌어먹을!
도깨비 신세 이 판국에
족벌 따져 무엇 하리
엎어진 물 썩을 때까지
깨진 그릇 던져두고
시월상달 달 밝은 밤
우리 함께 놀아보세—

(청도깨비 깨끼리로 홍에게 다가가 마주보며 짐걸이—고기잡이—멍석말이—곱사위—여닫이—깨끼춤을 추다가 중앙에 자리를 잡고 발림.)

청·홍도깨비 설죽인 놈 다 죽이고
되살아나는 놈 능지처참하고
미쳐버린 놈 앞장세우고
반항한 놈 재갈 물려 (장고——쿵떡)

벌여보세 벌여보세
도깨비 잔치 벌여보세
(도깨비 잔치 좋을시고. [추임새])
땅따먹기 돈따먹기
외팔이 불러 놀아보세
시월상달 달 밝은 밤에
니캉 내캉 미쳐보세
(땅따먹기 돈따먹기 지화자 끄르륵. [추임새] 청은 물러나는 동작으로 춤을 추고 홍은 양주 여닫이로 시작하여 권력 상징의 춤을 춘다. 끄덕이—용트림—사방치기—삼진삼퇴—너울질, 청의 적당한 사인에 의해 만사위.)

홍도깨비 물려주세 물려주세
내 딸에게 물려주세

청도깨비 물려주세 물려주세
내 아들에게 물려주세

홍도깨비 쉬이—, 아가야—

청도깨비 아—가—야—

홍도깨비 아—가—야—

청도깨비 에익, 호로자식. 니 에미를 아가라고 부르는 천하의 호로자식(홍을 타 친다. 홍도깨비 허리 굽신 으스대며 물러나와)

홍도깨비 지어먹세 지어먹세

새 마음 지어먹세
효도하고 충성하여
만수산 드렁칡으로
천년만년 살고지세 (장고—쿵떡)
(천년만년 살고지세. [추임새])

청도깨비　(숨을 몰아쉬며)
암— 그렇고말고!
아무튼 홍신아,
우리 쇠푼 맛본 지도 오래고
돈푼 맛본 지도 오래이니
오늘밤 우리 가족 한자리에 모여
쇠푼 돈푼 갈퀴질에
만년 오복 누려보자

홍도깨비　(고개를 끄덕이며)
좋고말고.

청도깨비　(중앙에 자리를 잡으며 다리를 벌리고 두 손으로 허리를 잡고서)
아가야— (길게 부른다.)
(이때 돈 꾸러미를 목에 두른 은도깨비 부끄러운 듯 몸을 비비 꼬며 등장하여 한 바퀴 애교춤을 춘다.)

홍도깨비　어서 오너라 아가야
(이때 청도깨비 나무라는 듯 홍의 머리를 탁 치자 홍은 저만큼 물러서서 장단 맞추고 청도

깨비 끌어안기듯 은도깨비 앞으로 다가서서)

청도깨비 너 본 지 오래다. 그래 그동안
이 애비 청부사업 책임 완료하였느냐?

은도깨비 (고개를 끄덕이며)
분부 거행하였습니다. 호—호

청도깨비 (은도깨비 앞으로 들이대며)
그래, 백지징세 인두세 호흡세 양심세
가난세 동정세 지집세 외박세
살짝 웃어 아부세 뒷구멍 은혜세
엎어져 분노세 일어나 상승세
인정사정 안 보고 징수하였느냐?

은도깨비 (고개를 끄덕이며) 호—호

홍도깨비 (다가와 참견하는 투로)
망건세 붓쟁이세 깍정이세 미쟁이세
장관세 저택세 도배세 신방세
땜쟁이세 숯쟁이세 시비세 바람세
요술세 나팔세 안마세 뚜쟁이세
거짓말세 참말세 설교세 연설세
인기세 지랄세 기침세 입원세
유람세 호텔세 출산세 사망세
나대세 유명세 원고세 나팔세
팔도강산 거침없이 징수하였겄다?

은도깨비 (고개를 끄덕이며) 호—호

청도깨비　석가모니 제자세 공자 따라지세
축복세 축출세 보디가드세
야소귀신세도 거둬들였느냐

은도깨비　(고개를 끄덕이며 신명난 타령조로)
완수했네 완수했네
세금 징수 완수했네
유산세 불로소득세 갑근세 노동세
화간세 강간세 간통세 파티세
출판세 베스트셀러세 땅세 오물세
헛간마다 그득그득
곳간마다 차곡차곡
지하 십층 돈푼 노적
지상 천층 쇠푼 노적
낟가리 쌓아놓고
빗장 고이 질렀으니
(빗장 고이 질렀으니. [추임새])

평생 백수건달 놀음
마음놓고 놀아보소
(마음놓고 놀아보소. [추임새])

청도깨비　(만족한 동작으로)
오호, 그래?
요사이 물가는 어떻드냐?

은도깨비　(손을 높이 올리며) (장고——쿵떡)

올라가네 올라가네
온도계는 올라가네
온도계 올라가니 지엔피도 올라가네

청도깨비 흐흥 , 좋다 좋아
그래 아가야 니 사업도 잘된다 하니
오늘밤 어디 니 고운 목청으로
'신(神)경제가'나 한 곡조 뽑아보아라

홍도깨비 (허벅지를 치며)
거 좋지!

은도깨비 (목에 두른 돈 꾸러미를 손에 받쳐들고 온갖 교태를 부리며 굿청을 빙빙 돌며 돈춤을 추다가 타령조로)

돈 돈 돈— 봐라
도돈 도돈 돈— 봐라
니 돈이 내 돈이고 내 돈도 내 돈이라
금강산이 좋다 해도 돈 있고 구경이라
수염이 석 자라도 돈 있고 양반이라
백일기도 염불에도 돈 놓고 돈 먹기라
(타령조에서 다시 주술 투로)

도장거래 돈거래 (굿청에서 되받는다.)
상전거래 돈거래 (되받는다.)
출세거래 돈거래 (되받는다.)

사랑거래 돈거래 (되받는다.)
시국 평천 돈국 평천 (되받는다.)
생일잔치 돈잔치라 (되받는다.)
사망잔치 돈잔치라 (되받는다.)
(주술 투에서 다시 타령조로)

돈 돈 돈— 봐라
도돈 도돈 돈— 봐라
애비 돈 내 돈이요 오래비 돈도 내 돈이라
(청은 어깨춤으로 장단 맞추고 홍은 돈타령을 막으며……)

홍도깨비 어이쿠, 이것들아 벌써 첫닭 우는 시간이 가까왔나보다! 밤샘한 공순이들 짹짹거리며 오는구나. 어서 이 지저분한 것들을 풍비박산 내버리고 첫닭 울기 전에 줄행랑치자꾸나
(청·홍·은도깨비 황망한 동작으로 중앙에 자리를 잡으며 발림.)

청·홍·은 물러앉소 물러앉소
제신들은 물러앉소
서낭당 칠성님네 없는 듯 물러앉소
백두산 천신님네 모르는 듯 눈감으소

팔도강산 지신님네 못 듣는 듯 귀 막으소
한반도 수신님네 무덤인 듯 잠드시소

청도깨비 말 잘한 놈 재갈 물리고 (굿청에서 되받는다.)
홍도깨비 대드는 놈 물고 내고 (되받는다.)
은도깨비 영리한 놈 단근질하고 (되받는다.)

청·홍·은 돌려보세 돌려보세
연자방아 돌려보세 (큰 불림)
돌려보세 돌려보세
디딜방아 돌려보세 (작은 불림)

먹어보세 먹어보세
극락 잔치 먹어보세 (큰 불림)

누려보세 누려보세
도깨비 권력 누려보세 (작은 불림)
(청·홍·은 도깨비 연풍대를 하면서 마당 사람들을 죽이고 앉히고 쑥대밭을 만든 후 다시 중앙에 자리를 잡으며……)

청도깨비 여봐라 청신아,
우리 아무리 힘을 써도 내 연풍대에

꺾이지 않은 몇 연놈들이 여기 있다
그놈을 이리 불러내어라
첫닭이 울더라도 교통정리는 해야겄다

홍도깨비 (거만한 동작으로 굿청을 한 바퀴 둘러보며 사뭇 엄한 투로 동서남북에 한 번씩)
여—봐라—

굿 청 (합창으로) 예, 네!

홍도깨비 내가 누군지 알겄지야?

굿 청 예, 네! 알다마다요—

홍도깨비 밥은 지어야 맛이 나고
고기는 씹어야 맛이 나고
볼기짝은 두들겨 맞아야 맛이 나제?

굿 청 예, 예— 여부 있습니까요.

청도깨비 (거드름 목청으로)
목은 졸라야 맛이 나고
목숨은 끊어야 제맛 나제?

굿 청 예—예—

홍도깨비 에익, 청신아— 이것들이 뉘 어전이라고
말대답 넙죽넙죽 턱 운동이라드냐,
어서 니 철퇴 휘둘러서 팔운동하자꾸나
실눈을 뜨고 쳐다보는 저놈과 (남쪽을 가리키며)
고개 빳빳이 치켜든 저놈과 (북쪽을 가리키며)

재잘재잘 대답하는 저 연놈을 (동서를 가리키며)
모조리 끌어내어 지체 말고 처단하렸다!

청도깨비 암, 그렇고말고 (동서남북 차례로)
지적받은 연놈들은 앞으로 나오렸다!

굿 청 (합창으로) 예, 네. (우르르 콰쾅 삼현청 장단 소리에 맞춰 한 무리의 사람들 마당 가운데로 끌려 나온다.)

홍도깨비 (끌려 나온 사람들을 하나하나 살피고)

청도깨비 오라— 주동자는 너렷다. 네놈이 바로 '귀신축출가'를 지어서 이 골목 저 골목에 퍼뜨린 그놈이지야?

사 람 1 (두 손을 싹싹 빌며 타령조로)
성은이 망극하신 나리님, 나으리님
이놈이 죄 있다면 조상 문답 물려받아
농사지은 죄뿐이요 1년 사시사철
오곡 농사 거둬들인 죄뿐이올시다요
귀신축출가도 배워서 몇 소절 외울 뿐이올시다요.

청도깨비 어허, 이놈이 글맛 몇 자 접하더니
입만 살아서 쫑알쫑알,
군신 간에 위계질서 네놈이 무너뜨렸구나
네 이놈— 혼쭐이 나기 전에
어디 돌대가리에 담고 있는 귀신축출가를

한 소절 읊어 답하렷다—

사 람 들　(합창으로)

호래비 죽어 하무자귀야
총각 죽어 몽달귀야
어서 먹고 물러가라
무당 죽어 걸립귀야
처녀 죽어 원한귀야
어서 먹고 물러가라
학생 죽어 보복귀야
청년 죽어 남이장군귀야
너도 먹고 물러가라
미녀 죽어 남색귀야
부자 죽어 가난귀야
너도 먹고 물러가라
쾌치나 칭칭 물러가라
(쾌치나 칭칭 나네— [추임새])
지리산 숫처녀 죽어 은도깨비야 (큰 불림)
삼팔선 팔아 청도깨비야 (작은 불림)
서울 장안 털어 홍도깨비야 (큰 불림)
너도 먹고 물러가라
천만리로 방송하고
억만리로 가소사— (요란한 장단)
쾌치나 칭칭 나네
(쾌치나 칭칭 나네— [추임새])

군　　중　가난세 먹는 홍도깨비야
부자세 먹는 청도깨비야
승진세 먹는 은도깨비야
천만리로 방송하고
억만리로 가소사— (이제 빠르게)
쾌치나 칭칭 나네
쾌치나 칭칭 나네(더 빠르게)
쾌치나 칭칭 나네(군중들 우우 일어선다)

청·홍·은　여봐라, 어서어서 애들을 풀어서
앞뒤 가리지 말고 남녀노소 할 것 없이
소리나지 않게 교통정리하여라(청·홍·은 도깨비 마구잡이로 마당 사람들을 죽이고 앉히고 뭉개고 쑥대밭을 만든 후 연풍대를 하면서 퇴장. 마당에 불이 꺼진다. 어둠 속에서 당피리·향피리·세피리·대금 구슬프게 연주된 뒤……)

상여꾼들　(어둠 속에서 하얗고 긴 호방산을 받쳐들고 요령을 흔들며 등장하여)

허어여 허어이 어허 허허 허이여—
가네 가네 나는 가네
낙화유수 나는 가네—

금지옥엽 귀한 몸도 죽으니 흙이로다
독야청청 곧은 절개 죽으니 먼지로다
서방정토 간다더니 황천길 웬 말이냐
허이여 허이여 어허 허허 허이여—

어이 가리 어이 가리 고향길 어이 가리
정든 산천 굽이굽이 그리움만 남겨두고
한번 가면 다시 못 올 북망산천 가는구나

잘 계시소 고향 벗님
잘 있으소 고향 산천
만나고 헤어짐이 우리 인생길이어늘
생사고락 모든 일 어이 이리 그리운가
흐르는 영산강에 남은 여한 띄웠으니
달 밝은 밤이면 내 슬픔 접어주오
어화 넘차 어화 넘차 어화 어화 넘차

가자 가자 어서 가자 북망산천 어서 가자
대대손손 조상님전 사죄 백배하옵고
황천 세계 쓸쓸한 땅 불 밝히러 가자꾸나
구천 세계 어두운 땅 불 밝히러 가자꾸나
막힌 산은 넘어가고
막힌 강은 건너서
독짐 같은 세상 시름 죽어서나 풀어놓고

나비처럼 훨훨 어서어서 가자꾸나
어화 넘차 어화 넘차 어화 어화 넘차

꿈도 정도 풀어놓고 훠이훠이 가자스라
눈물 콧물 씻어내고 훠이훠이 가자스라
소용없다 부귀영화
헛되도다 일장춘몽
산 너머 구천 세계 시간문제 아니런가
오장육부 다 태워서라도 장수 오복 기리런만
시방세계 사람 흉년 무슨 수로 당하랴
팔자소관 한탄 말고 훠이훠이 가자스라
허이여 허이여 어허 허허 허이여—
(마당을 한 바퀴 돌아 상엿소리 굿청 밖으로 점점 사라지면 어둠 속에서 애끓는 호곡 소리 은은히 들리고 잠시 침묵. 어둠 속에서 징소리 연타.)

둘째 마당 (징소리 크게 두 번)

제5과장 무당춤
제6과장 박수춤
제7과장 살풀이춤
제8과장 원귀들의 춤

굿청 주위에 다시 횃불이 타오르고 마당 한가운데 장작불이 점화되면 소복한 무당과 박수 방울을 들고 제상 앞에 등장하여 끔찍한 것을 보는 듯한 애끓는 목소리로 주문과 발림.

무　　당　어따 오매! 피 냄새야
어—따 오매! 원한 냄새야
어디 이게 사람 사는 도성이랑가—
어디 이게 구신 사는 구천이랑가—

감초 냄새 향기롭던 약탕관엔
잘[億] 즈믄[千] 독사떼 구물거리고
양지바른 선영 묏등엔
까마귀떼 살 썩는 냄새에 고개 처박고
해 잘 드는 동창에 등창 고름 냄새
해 잘 지는 서창에 내장 곪는 냄새
해 안 뜨는 북창에 양심 썩는 냄새
해 잘 가는 남창에 오장육부 타는 냄새
식솔 둘러앉은 무쇠솥엔

시장기 절반 섞어 복어 알 부글부글
고개 숙인 나락밭엔 늑대들 우글우글
처마밑에 짖던 개도 네다리 뻗었구나
멍멍아 바둑아 쫑아 셰퍼드야
니놈들 세상 만나 하품만 일삼고
하릴없는 코뿔소들 치받을 곳 찾는구나
어—따 오매, 악취야
어—따 오매, 독취야
수채구는 막히고 강물은 끓기니
하늘과 땅 사이에 피 냄새 충천하니
창궁의 제신인들 이 어찌 견딜쏘냐 (무당 마당을 돌며 한바탕 애끓는 춤.)

박　수　하늘과 땅 사이에 호곡 소리 가득하니
천지간에 제신인들 이 어찌 편할쏘냐

무　당　물러가라 물러가라
원한귀야 물러가라
피 냄새 원한 냄새 천리만리 물러가라
소금물에 넋을 씻고
정한수에 원한 씻어
신선놀음 멍석 밟고
극락장생 해 오시라

지난날 기억 말고
앞날 새며 재 오시라
침 뱉고 재 오시라
먼지 털고 재 오시라
손뼉 치며 깃발 꽂고
극락왕생 재 오시라

박 수 소금물 여기 있소 퉤 (소금물을 뿌린다.)
무 당 정한수 여기 있소 퉤 (정한수를 뿌린다.)
(박수·무당 장단에 맞춰 길 닦는 춤을 춘다.
다시 중앙에 자리를 잡고……)

무 당 여보 영감,
박 수 말해보소
무 당 이곳에 당도하여 귀신 냄새를 분간해보니
당신이 좋아하던 '그 사람'도 죽었나보오.
박 수 아니 '그 사람'이라니?
무 당 어따 오매, 우리 영감. 장님 같은 우리 영감.
여즉 그 사람을 모른단 말이오?
난간이마에 사발턱, 웅케눈에 개발코에다가
쌍통은 가파른 과녁 같고
수염은 다 모지라진 귀얄 같고
키는 석 자 네 치 될 듯 말 듯한
그 사람 말이요 영감.

박　　수　오호라, 칠년대한 왕가뭄에 동네방네 쫓아다니며
이 부엌 저 부엌에 마실 물 나누어주던
그 사람 말인감?

무　　당　그래요 영감, 재 너머 그 사람이 죽었나보오. (사뭇 격조 높은 목청으로)

가슴엔 햇덩이 같은 의지가 이글이글 타오르고
마음은 산수 절경과 같아서
만나는 사람마다 웃음을 주던 사람
이웃에게 지 먹을 것 내어주고도
이 쑤시며 껄껄 웃던 그 사람이 죽었나보오.

박　　수　흐으응— 이제 사람은 다 어디 가고
도깨비 최면 걸린 허재비들만 남아서
저 잘났다고 울고불고 찢고 싸움질이라면
어디 하늘 부끄러워 살겠소?
여보 할멈, 살풀이 한마당에 춤 한 상 덩실 올려
옥황상제 알현하고
사람 살려옵시다— (장고 소리—북소리—제금 소리—징소리 어우러지고 무당·박수 살풀이장단에 맞춰 동서남북으로 합장 재배한 다

음……)

무　　당　상제님네 상제님네
구천에 옥황상제님네
전라도 남원 박수무당 합장 재배하옵고
상제님 어전에 빌고 또 비나이다
도깨비들 한바탕 이승을 쓸고 간 뒤
아 글쎄 몇 해째 사람 가뭄이 들어서
곡식단 넘쳐나도 거둘 사람이 없고
산천초목 푸르러도 노랫가락 끊어지니
이승 저승 구별 짓기 어렵나이다

기왕지사 베푼 김에
이번에 떠난 혼령 되돌려주사이다
앞뒤 재지 마시고 되돌려주사이다
(되돌려주사이다. [추임새])
(박수·무당 방울을 흔들며 소지를 올리고 사방으로 기원 축수 재배하고 무당은 모듬 뜀으로 춤춘다.)

무　　당　여보시오 동—네—방—네
마당사람들　예, 예—
무　　당　우리 사람 찾자면 농촌으로 갈까 대도시로 갈까
동대문으로 먼저 갈까 서대문으로 먼저

갈까
북녘으로 갈까 남녘으로 갈까
옳지, 그래. 모든 것은 천지신명께 맡기고
동서남북 제신께 칼춤 한 상 올리렷다
(제상에 놓인 방울을 들고 무당 동서남북으로 한 바퀴 휭 칼춤을 춘 다음 다시 중앙에 돌아와……)

박 수 물러가라 물러가라
굴왕신*아 물러가라 (큰 불림)

무 당 물러가라 물러가라 농촌귀신 물러가라
1년 사시절 피땀으로 절은 농사
반절은 인충이 먹고 반절은 수마가 먹고
비료세 소득세 전기세 라디오 티브이세 물고 나면
가을 수확은 검불뿐이니 사—람—이 죽었구나
(우당탕탕 삼현청 장단에 맞춰 무당·박수 한 바퀴 길 닦는 춤……)

박 수 물러가라 물러가라
새터니*야 물러가라 (큰 불림)

무 당 물러가라 물러가라 도시귀신 물러가라
꼭두새벽부터 일어나 식은 밥 한 술갈 뜨

* 묘지 귀신

는 둥 마는 둥
10리 공장 길 걸어 지하 삼층으로 내려가
한여름 같은 기계실에 혼 빼주고 넋 빼주고
한 달 수입이 3만 5천 원이라
구내식당비 5천 원 주고
인세 갑근세 주민세 사글세 문화세 주고 나면
빈—주먹이나 먹어라 사람 없구나
(징소리—장고 소리—북소리에 맞춰 한 바퀴 칼춤을 휘두른 뒤 박수 고개꺾기.)

박　　수　물러가라 물러가라
어즈바니**야 물러가라 (큰 불림)

무　　당　물러가라 물러가라 감옥귀야 물러가라
식솔에 갇히고 직장에 묶이고
신문에 길들고 시간에 얽매이고
척, 하면 퇴직이요 척, 하면 실직이라
간 곳마다 장님이요 간 곳마다 벙어리라
간 곳마다 얼간이요 간 곳마다 떠중이라
인명이 재천이라 하였거늘
하늘을 죽였으니 사람 없구나
(제금—장고—징—북소리—부채춤. 박수는 활

* 숫처녀 꾀는 귀신.

** 도깨비의 존칭.

무작정 비워둔 집이 아닙니다
누가 안에 살아요. 안에 누가 살아요
아, 그 집에는 누가 사나
이슬비가 옵니다
우산 속에 쪼그리고 하루 낮이 다 가도록 지킵니다
손님이라도 혹시
손님이 아주 없지도 않은 것이 바로 지난번
마루에 밀어져 있는 찻상을 보았습니다
치우는 걸 잊었는지
주전자와 찻잔 흩어져 있는 걸
손님이 방문한 날의 잔 여울이
신발 벗는 곳 근처를 맴돌고 있었습니다
얼마나 흘렀을까요
감감한 이슬비 속을 뚫고 뜻밖의 새가 웁니다
삐리리, 단추새가 웁니다, 파란 초인종새가
한 부인이 마당을 들어서고 있습니다
머리 흘리듯 틀어올렸고 기다린 치마 끌립니다
고적한 살빛을 지닌 부인입니다
잠자던 처마 기둥이 목례로 일어서고
문돌의 삼이 틈새를 바싹 당깁니다
가라앉기만 하던 마룻장이 떠오르며 가슴을 맞춥니다
쌓이기만 하던 이슬비도 가는 허리 둥둥 날립니다
우산도 없이 들어선 부인이 다 젖고 있습니다
기다랗게 기다랗게 흐르고 있습니다

절(絶)

이슬비가 옵니다
그 집에 가보고 싶습니다
언덕에 오르면 환히 내려다보이는 집
언덕 아래 그 집을 지키고 싶습니다
우산 속에서 그 집이 점점 펼쳐집니다
잠자는 듯 여전히 기척 없습니다
이슬비 소리 없이 발아래 쌓입니다
그 집 널따란 흙마당에도 같이 쌓입니다
흔하게 나무 한두 그루 서 있지 않은 고요한 마당이
그 집의 보배, 유별한 진미입니다
담쟁이덩굴만이 안의 무엇인가를 가릴 양인지
온통 몸을 굴려 담장을 덮었습니다
바랜 기와지붕은 물 먹어 처음의 먹빛을 띠었습니다
이상합니다, 여전히 기척 없는 그 집에서
이야기 소리 들려요 웃음소리 섞이고요
방문이 어느 결에 열리기라도 했는지
닫기는 소리 또 또렷하고요
그것들의 모든 음향이 가는 이슬비의 발을 흔듭니다
음향만이 모여 사는 거라면
참 이상합니다
언제는 한번 마당 가득 빨래가 널려져 있었습니다
언제는 또 나무 한 그루 서 있지 않던 마당에
목련 대추 벚 등(藤)이 치렁하게 들어차 있었습니다
그 집은 버려진 집이 아닙니다

개꺾기 하고 나서……)

박　　수　물러가라 물러가라
　　　　　불신풍조 물러가라
무　　당　당파풍조 물러가라
　　　　　인척풍조 물러가라
박　　수　물러가라 물러가라
　　　　　가난풍조 물러가라
무　　당　상업풍조 물러가라
　　　　　착취풍조 물러가라
　　　　　지연·혈연·세습 풍조 썩썩 물러가라

박　　수　물에 빠진 몽달귀야
무　　당　복상사 객사귀야
박　　수　안락사 한탄귀야
무　　당　소리 없는 어덕서니*
박　　수　피아골 어즈바니
무　　당　한양 천리 새터니
박　　수　야굉이 굴왕신
무당·박수　(함께)
　　　　　성한수에 넋을 풀고
　　　　　소금물에 원한 씻어

* 평안도 괴물 귀신.

신선놀음 멍석 밟고
극락왕생 재 오시라
구름 타고 재 오시라
말 타고 재 오시라
빈집 빈산으로 바람처럼 달려오시라
(재 오시라 재 오시라 바람처럼 재 오시라. [추임새])

무당·박수 (함께)
손뼉 치며 재 오시라
깃발 꽂고 재 오시라
소금물 여기 있소 퉤— (소금을 뿌린다.)
정한수 여기 있소 퉤— (정한수 뿌린다.)
(무당·박수 혼신의 힘으로 살풀이춤을 길게 추고 굿청 사람들 얼쑤 얼쑤 응수한다. 다시 중앙에 자리를 잡으며……)

무　　당 여보시오 동네 사람—
마　　당 네, 네.
무　　당 임은 안아야 맛이 나고
사람은 만나야 맛이 나고
죽음은 살려야 맛이 나제?
마　　당 네— 네—
무　　당 원은 이뤄야 맛이 나고
고는 풀어야 맛이 나고

세상은 평등해야 맛이 나제?

마　　당　네― 네―

박　　수　나락은 익어야 고개 숙이고
도는 닦아야 빛이 나고
등불은 달아야 제구실하제?

마　　당　네― 네―

무당·박수　(함께)
있는 것은 나눠 먹고
없는 것은 보태주고
짐은 들어줘야 즐거웁제?

마　　당　네― 네― 그렇고말고요.

무　　당　오호라 영감.

박　　수　어떤가?

무　　당　내 뜻이 네 뜻이고 네 뜻 또한 내 뜻이니
살풀이 고풀이 원풀이 한풀이도 끝났으니
내일이면 이 고을에 사람이 올 것이오
사람 오는 굿판에 시나 한 수 지어 읊고
동구 밖에 지등 달아 사람 잔치 벌입시다

박　　수　(고개를 끄덕이며 시를 읊는다.)
하늘에는 천황씨가 있고
땅에는 지황씨가 있네
동서남북 다리 위에
달도 밝은 밤*
무당 할멈 시 박수 할아범 시

섞어서 환영하네
그 나머지 부귀공명은
내가 알 바 아니구나

무　　당　하늘에는 천 남성이 있고
땅에는 천 여성이 있네
동서남북 제산에서
불로 약초 캐어다가
천 남성의 병 천 여성의 병
모두 고쳐주네
그 나머지 생사는
내 알 바가 아니구나

무당·박수　(함께)
하늘에는 무명성이 있고
땅에는 무명초가 있네
무명성과 무명초 한데 혼을 섞어
동네 잔치 사람 잔치 밤 가는 줄 모르네
그 나머지 희비는 내 알 바 아니네
인간 세상의 더러움
다 함께 깨끗해지고
온 세상 울퉁불퉁한 것

* 역대 한시(漢詩)에서 전용.

모두 변하여 고르게 되었네

박　　수　높은 잠을 깨울 만한 일이
　　　　　다시는 없으리라 (큰 불림)

무　　당　(극락 환생의 소복춤을 춘다.)

마　　당　점점 어두워지며 무당·박수 퇴장. 이때 소복한 한 묶음의 원귀들 묶여 등장.

원 귀 들　(장단—북에 맞춰 서서히 줄을 풀고 환생의 춤을 춘다.)

셋째 마당 (징소리 크게 세 번)

제9과장 예수칼춤
제10과장 이승환생춤
제11과장 난장판춤

굿마당 한가운데 흰 시루떡과 동동주 푸짐하게 차려놓고 흰 도포 의관 갖춰 입은 남정네 쌍부채를 들고 등장. 그 뒤에 일곱 명의 소리꾼 등장하여

남 정 네　(육자배기풍으로)
어허 동쪽 동네 사람들아— (오른쪽 부채 편다.)
어허 서쪽 동네 사람들아— (왼쪽 부채 편다.)
에라 북쪽 동네 사람들아
에라 남쪽 동네 사람들아
성인노소 다 나와서
금의환향 우리—임 맞으시라

남 정 네　(부채를 오므려 쌍칼을 만들고 동서남북 젓히기춤)

소 리 꾼　어허 동네방네 사람들아
성인노소 다 나와서
금의환향 우리—임 맞으시라

남 정 네　산이 높아 이제 오나
물이 깊어 이제 오나
저승 갔다 이제 오나

용궁 수궁 갔다 이제 오나
그윽하다 우리—임아
훌륭하다 우리—임아
앉아서는 천리 보고
서서는 만리 보니
죽어서도 살아 오는 우리—임 맞으시라

소 리 꾼 만나보세 우리—임
보듬어보세 우리—임
죽어서도 살아 오는
우리—임과 불 밝히세

남 정 네 (단모리로)
놀아보세 우리—임아
살고지세 정든 임아
날아보세 훨훨
뛰어보세 떵더꿍
보고지고 우리 임아
살고지고 우리 임아
독짐 같은 세상살이
한시름 놓아보세

소 리 꾼 (자진 휘모리로)
날아보세 훨훨
뛰어보세 덩더쿵
독짐 같은 세상살이 한시름 던져놓고
만경창파 배 띄우듯

어화 어화 에헤루야
우리—임 만나보세

남 정 네 (사설조로)
베갯머리 위에서는 별들이 움직이고
침상 곁에는 표범이 잠을 자니
임 오시는 천릿길 목 빼고 바라보네

소 리 꾼 어화 어화 에헤루야
임 오시는 고향 천리
목 길게 빼고 바라보네

남 정 네 (다시 휘모리로)
동쪽 마을 예쁜 처녀
새단장하고서
백마 타고 오는 낭군
당도하기 기다리니
노고지리 우지짖고
풍년대작 누리겠네
겨울 삭풍 이겼으니
오는 봄도 풍성해라
춘풍같이 불어보세
폭포같이 만나보세
금의환향 우리—임과 태평성세 누려보세

소 리 꾼 어화 어화 어화—어화
춘풍같이 불어보세
폭포같이 만나보세

금의환향 우리 임과 태평성세 누려보세

남 정 네　(자진 타령조로)

생각도 못했던 뭇 젊은이가
문 밀치고 와르르 들어서더니
나는듯이 나를 끼고서
호남으로 내려왔네
남원에서 꺾어서 해남 대흥사로 들어서서
유리알 같은 맑은 물에 발 씻으니
환사마의 옛일을 뒤돌아보지 않고
쏟아지는 폭포수처럼 이 세상 씻으란다
동네 사람 너나없이 낮 잔치 베풀었으니
밤낮으로 장고 가락 지천을 흔드네

남 정 네　(북소리에 맞춰 쌍부채를 펴고 사람들을 일으켜세우는 상징적 춤.)

소 리 꾼　(남정네 춤에 맞춰)

빙빙 돌아보세 방방 뛰어보세
우리 임 돌아오니 아니 노지 못하리라
동동주 여기 있소 어야디야
설기떡 여기 있소 어야디야
인삼주 여기 있소 어야디야
사랑떡 여기 있소 어아디야
온—갖 술과 떡이바지 얼키설키 차렸으니
뒤축으로 누르면서 실컷 먹고 놀아보세

남 정 네　(다시 진양조로)

왔구나 왔어 왔구나 왔어
천신만고 끝에 우리 임 돌아왔어
땀 냄새 눈물 냄새 한 냄새 바르고
얼씨구 우리 임 돌아왔네
절씨구 우리 임 돌아왔네
에이 우리 임 바보로다
에이 우리 임 천치로다
저승 극락 버리고 돌아왔으니
에따 행화가 천 냥이로다
에따 행화가 만 냥이로다
에—따 행화가 수—만—냥이로구나

가난기 궁상기 다 바르고
예전 그대로 돌아왔네
임 반기는 노랫소리 중천에 가득하고
이름 모를 산천초목 제멋에 흥겨우니
우리 임 정 한 사발 얼싸안고 불 밝히자
(가락을 바꿔 사설조로)
동쪽 동네 일어나라 우—사람 왔다 (일어
난다.)
서쪽 동네 일어나라 우—사람 왔다 (일어
난다.)
북쪽 동네 일어나라 우—사람 왔다 (일어
난다.)

남쪽 동네 일어나라 우—사람 왔다 (일어난다.)

소 리 꾼　어화어화 벌여보세
사람 잔치 벌여보세
인정에 안주 삼고
이웃사촌 동무 삼아
사람 잔치 방방곡곡
태평성세 어화어화
(어화어화 태평성세 사람 잔치 벌여보세. [추임새])

남정네·소리꾼 (함께)
긴 성 한쪽으론
강물이 질펀히 흐르고
큰 벌판 동쪽으론
점점이 산 병풍이라
천지는 그대들 환생을 화답하고
강산은 나그네들 머무르게 하니
하늘도 높고 땅 또한 두터우니
소동파 놀던 적벽 바로 이곳일세—
(소리꾼과 남정네 장단에 맞춰 이승 환생을 상징하는 어깨춤 한마당 추다가 나시……)

소 리 꾼　(목소리를 가라앉혀)
임 반기는 횃불이야
누대에 비치리니

이 밤이 샐 때까지 체면 위신 던져두고
우리—임과 어우러져
나라 잔치 벌여보세— (우당탕 삼현청 장단에 맞춰 마당 사람들 한꺼번에 얼싸안고 보듬거니 안거니 비비거니 난장판춤을 춘다. 온갖 풍악 어우러져 고조된 분위기. 장단이 누그러지면 사람들 자연스럽게 원으로 둘러서서 손과 손을 맞잡는다…… 이때 남정네만 원의 중앙에 자리잡고……)

남 정 네 (쓰다듬는 목소리로)
붉은 꽃은 만 송이
푸른 잎은 즈믄 줄기
첫번째 봄바람은 어디서 불어오는가?
노래와 춤 삼현 소리 일제히 그치니
동녘에 붉은 해
새로 뜨는 시간이로구나
(괄게 타던 장작불이 사그라지고 마당 사람들 조용히 허밍으로 이별가 혹은 '위 셸 오버 컴'을 부른 뒤 평화의 포옹을 나누면 긴 침묵 뒤에 징소리 연타. 마당을 거둔다.)

문학동네포에지 073

초혼제

초판 인쇄 2023년 8월 8일
초판 발행 2023년 8월 18일

지은이—고정희
책임편집—김민정
편집—유성원 김동휘 권현승 유정서
표지 디자인—이기준 강혜림
본문 디자인—최미영
마케팅—정민호 박치우 한민아 이민경 박진희 정경주 정유선 김수인
브랜딩—함유지 함근아 박민재 김희숙 고보미 정승민 배진성
제작—강신은 김동욱 이순호
제작처—영신사

펴낸곳—(주)문학동네
펴낸이—김소영
출판등록—1993년 10월 22일 제2003-000045호
주소—10881 경기도 파주시 회동길 210
전자우편—editor@munhak.com
대표전화—031-955-8888 / 팩스—031-955-8855
문의전화—031-955-2689(마케팅), 031-955-8865(편집)
문학동네카페—http://cafe.naver.com/mhdn
인스타그램—@munhakdongne / 트위터—@munhakdongne
북클럽문학동네—http://bookclubmunhak.com

ISBN 978-89-546-9373-8 03810

www.munhak.com

문학동네